珠璣小館飲食文集

# 我食我思

江獻珠 著

萬里機構‧飲食天地出版社出版

珠璣小館飲食文集
**我食我思**

著者
江獻珠

叢書策劃
石健

編輯
劉瑩

版面設計
歐陽應霽

出版者
萬里機構・飲食天地出版社
香港鰂魚涌英皇道1065號東達中心1305室
電話：2564 7511　　傳真：2565 5539
網址：http://www.wanlibk.com

發行者
香港聯合書刊物流有限公司
香港新界大埔汀麗路36號中華商務印刷大廈3字樓
電話：2150 2100　　傳真：2407 3062
電郵：info@suplogistics.com.hk

承印者
中華商務彩色印刷有限公司

出版日期
二〇〇五年八月第一次印刷

# 鳴謝

梁玳寧女士賜序
歐陽應霽先生設計
梁贊坤攝影
朱楚真校對
香港中文大學聯合書院天機電算室整理過時電腦資料
萬里機構同人的協力與
許許多多朋友的鼓勵和支持

# 前言

珠璣小館主人江獻珠女士將多年前在《飲食世界》及《飲食天地》月刊刊登的稿件經重新修訂，並增補許多新的內容後結集成書，交由萬里機構出版，囑我代為寫序，讓我的心情好不複雜。

一方面，我感到義不容辭，與有榮焉，另方面，我感到戰戰兢兢，壓力重大。

義不容辭，是因為與江獻珠女士相交二十多年，她當時刊登在《飲食世界》的稿，是由我以主編的身份約撰的；與有榮焉，是能夠在這套傳世之作佔一個小小席位，確是我的幸運與光榮。

為什麼會戰戰兢兢？因為江獻珠女士字字珠璣，小女子的文筆猶似野人獻曝，唯有以誠補拙吧！

當年《飲食世界》月刊着實為本地讀者發掘到幾位人物，如海鮮專家「漁客」先生，如國際電視烹飪明星甄文達先生（Mr. Martin Yan）......，江獻珠女士是其中一位。當時大概是一九七八年吧，小女子如初生之犢，胸口掛個勇字便策劃第一屆職業廚師烹飪大賽，在熱鬧而忙亂的會場出現了一位雍容大方，貴氣中又流露着書卷氣的美麗女士，原來是剛自美國返港定居的陳天機夫人江獻珠女士，一位烹飪專家觀賽來了。

由於我們有一位共同朋友——以「特級校對」為筆名，香港的食經鼻祖陳夢因先生，又有共同嗜好，所以一見投緣。知她見識廣博，家學淵源，豈能放過，所以專誠約稿。當然，我更看準了她對廚藝和美食的熱誠，才敢開口，不然，那份聊表心意的稿費，豈能請得動她那種殿堂級數的人物？

江獻珠女士的稿來了，我們全體同事爭相傳閱，嘆為觀止！非僅內涵豐富，文采出色，那手蠅頭小楷，更是娟秀端整，篇篇皆勝貼堂文章。

她對烹飪的態度視同學問研究，一絲不苟，盡意盡心，那份精神至今未曾稍變，亦因此她的作品能別樹一幟，經得起時代洪流，可以有存閱價值。

　　悄悄告訴讀者，江獻珠女士之成功，她的夫婿陳天機教授功不可沒。這位電腦學專家，前中文大學聯合書院院長從來對夫人的愛好十分支持，由她烹魚翅他摘銀芽；到執她之手訪遍歐美名廚食府......，都可記一功。

　　放眼世界，所以江獻珠女士筆下的題材非一般作者可比，若不是她圖文並茂的介紹，不少人還以為竹笙是竹樹的內膜，而不是一種菇菌，可能錯到今天呢！

　　對於美食的愛好者和烹飪的研究者，這套「珠璣小館飲食文集」就應該像辭典一樣，是你必藏之書。其中不乏饒有趣味的環節，更是辭典所無的收穫了。

　　祝願陳天機教授、江獻珠女士和普天下的美食愛好者，飲和食德，健康愉快！

2005年6月

梁玳寧女士：美食及食療作者，曾獲世界傑出青年獎（1984）、
　　　　　　法國路易士美食家獎（1979）及香港市政總署委任為「食物衛生大使」。
　　　　　　現為香港旅遊發展局「美食之最大賞」顧問，
　　　　　　香港中廚師協會及澳門中廚協會名譽顧問。

# 序

## 二十七年的飲食閱歷

一九七八年夏，我隨外子從美國回港公幹，值《飲食世界》雜誌籌組的「香港第一屆美食大賽」正要舉行，為了索取入場券，認識了雜誌的主編梁玳寧女士。蒙她一力約稿，回美後便開始作初次嘗試。我那時只是個教中菜的老師，從來沒有寫飲食文章的經驗，起初很是膽怯，後來獲前輩特級校對陳夢因先生的鼓勵，他也開了一個專欄，每月陪我一起寫。外子陳天機偶然也來湊興，於是便有「珠璣小館飲食隨筆」一欄的誕生。

外子生在職業人家，缺乏家庭飲食薰陶，而且老早便留學就業於美國，中菜的飲啖經驗極其有限。幸而他讀好了書，入了當時最吃香的電腦公司作研究，常到外國公幹或講學，接觸了很多不同的飲食文化，品嘗了不同民族的食製。而他是個如假包換的書獃子，見書便讀，這麼一來，既閱且歷，自有他對飲食的見解。在飲食酬酢的場合，每有人稱他做「江先生」，他亦不以為忤。七九年他開始回香港教書，每年夏天回美歇暑，對中西飲食文化的差異，別有一番體會。

「珠璣小館」也者，江獻珠、陳天機的小廚房是也。我們取了兩人名字的最後一字作館名，本應為「珠機」，但我們的祖先都是在南宋時從粵北南雄珠璣巷避難散居廣東沿岸的難民，選了「珠璣」為名，略可代表我們廣東人的身分。

從我在《飲食世界》的第一篇文章算起，到一九九八年停刊，至最近完成結集成冊時的最後修訂，足足有二十七年。除了一段時期斷斷續續供稿，整體來説，每月寫一篇約四千字的飲食文章成了一個好的習慣，使我不能不留心一切與飲食有關的事情。在過去漫長的日子，由於不停的閱讀和親身的經歷，塑造了現在的我。

　　細讀過去近二十年寫下來的束西，內容極其蕪雜，我已刪去一些不合時的文章，收入在這文集內的，則分成：「佳廚名食」、「造物妙諦」、「我食我思」、「飲食健康」和「遊食四方」五大部分，大多數是按時序編排，顯示事情發生的先後。有些文章附有後記，算是總結這些年來的變遷，尤其在飲食健康方面，可以見到在研究上和觀念上有顯著的變化。外子的文章則分登在第一第二兩部。

　　此外我在另一本雜誌－《飲食天地》也有專欄，其中有一系列「蘭齋舊事」的文章，描述我兒時在江家的飲食經驗，結果催生了話劇和電影「南海十三郎」和我後來寫的《蘭齋舊事與南海十三郎》一書。

　　不敢説這是我們的飲食傳記，但肯定代表我們飲食生涯的數十年閱歷，從陸續記下的零碎事蹟，讀者也許可以看到食壇的走向罷！

江獻珠誌
二零零五年七月

# 目錄

司廚者須識物
辨味，明割烹
之理，打穩基
本功。

# 盛名之累

**（原文寫作於1997年11月，2002年3月修改）**

美國《紐約客 (New Yorker)》雜誌專欄名作家約翰墨非 (John Mcphee)，妙筆生花，一向寫戶外活動人物的風趣軼事，忽地在一九七九年二月十九日發表了一篇廚師專訪的文章，霎時掀起軒然大波，美國食壇為之哄動。

原來墨非介紹了一家鄉村式的小餐室，主人就是廚師，管理業務和燒菜，女主人則專弄「尾櫃」甜食，夫妻兩人合作無間，態度認真，店子生意穩打穩紮，熟客盈門。但生意太好，照應不來，反為不美，早已有意將店子出頂，換一間較小的。廚師夫婦不求聞達，惟恐被人一捧，客似雲來，他倆再也不能優悠樂煮，與熟客共享飲食之樂。

## 作家筆下　天縱之聖

墨非於是答應尊重他們隱君子的態度，不公開他們的名字。他給這個廚師一個化名，稱之為「奧都 (Otto)」，連店名及所在地也諱莫如深，用了足足二萬五千字，描摹得奧都簡直是天縱之聖，不止廚藝湛博，得未曾有，連用料也是別家所無：諸如鄰居獵獲之野味；前園野生之香菌；河裏剛釣上來的鮮魚；農圃新摘的蔬菜；甚至店子用殘羹剩菜養肥的嫩雞，妙手拈來，便成奧都席上的美味。聞得那裏有新奇而鮮美的作料，他都不辭跋涉，務要得到為止，甚至一蒜之微，也要盡善盡美。

這位奧都，據墨非說會做六百多種的前食 (appetizers) 和主菜 (entrees)，而且樣樣拿手，創造性之高，餐單可以日日不同，全憑靈感和作料而更換。墨非誇道奧都從未用過同一手法去釀一客蘑菇，他自己就吃過二、三十餐「畢生難忘」的奧都佳作。

其人其餐，「好得難以置信」。但，奧都是誰？店在何處？墨非只暗示：若以紐約為圓心，店子就在以一百哩為半徑畫成的圓周內。

首先，紐約食客們自相怪責：豈有此理，怎麼有這樣的一家餐室我們竟懵然不知？繼而往深一想：莫非是墨非憑空捏造的事實？

## 明查暗訪　揭破謎底

紐約是全美國的飲食中心，食壇有甚麼風聲，消息不脛而走。一經名家品題過，任何店子都會擠得水洩不通，何以大名鼎鼎的墨非，形容得這間小店簡直是只應天上有似的，人人引頸等待謎底揭曉，好去趁趁熱鬧，打個牙祭。

《紐約時報 (New York Times)》每星期有一次飲食版，用星星的數目評定餐室的等級。女食評家美美喜來登 (Mimi Sheraton) 一向只在紐約活動，想搶先立大功，不惜明查暗訪，與酒評家柏賴奧 (Prial) 合作，用了十二天時間，終於查出奧都的餐室名「紅狐 (Red Fox)」，位於賓夕凡尼亞州 (Pennsyvania)、費城 (Philadelphia) 附近一個叫米路佛 (Milford) 的小鎮。可是抵址時，人面已非，奧都夫婦早已遷地為良。美美再旁敲側擊，千方百計向「紅狐」以前的供貨人打探，得知新店名字叫「牛頭 (Bullhead)」，地點在近郊的素皓來 (Shohola)，而奧都姓聶，真名是雅倫，太太叫隆尼 (Alan and Ronnie Lieb)。

美美不動聲色，與柏賴奧夫婦同去品菜，吃過後在時報揭了謎，風頭出盡。

## 口舌招尤　掀起風波

墨非讚口不絕的餐室，美美說其實「糟到難以置信」。

她描述那份前食，不外是一些灰灰濕濕的帶霉味的蝸牛肉，鋪在幾片鹹而又黃的罐頭雅芝竹上。主菜更差，號稱意大利牛仔雀肉卷 (Veal Birds Veronese)，實為又乾又硬的牛仔肉，捲着差不多「還是生的煙肉」，中間釀着濕淋淋的麵包而已。倒是太太隆尼做的甜食，還算過得去。美美說雅倫為人及燒菜雖是誠實不欺，其無奈味覺何！《新聞週刊 (Newsweek)》記者說美美下筆之重，直如一記擂鎚。正是一字之貶，嚴於斧鉞。酒評家柏賴奧也淡淡地說奧都的酒單，不過爾爾，只屬業餘水平，不登大雅之堂。

墨非在「奧都」吃了多次，自然有了交情，平日兩人搭訕閒話，墨非也寫了進去。他說「奧都」開名道姓紐約一家非常有名的法國餐室「呂特士 (Lutece)」，所燒的比目魚雖則味甚鮮美，但紐約最大的魚市場也沒有新鮮的比目魚出售，想「大有可能 (probable)」用冰凍貨。「呂特士」主人看了頭頂冒煙，飛電要《紐約客》雜誌公開道歉更正。雜誌於是派人去看他餐室每天從法國空運鮮比目魚的所有單據，總編輯自知疏忽，後來果然破例，更正了一番，倒是一件罕見的事。

## 愈貶愈旺　啼笑皆非

「牛頭」餐室雖被美美罵得狗血淋頭，但晚晚戶限為穿，週末定位，三個月內全滿。而十多年來的「擁躉」照常光顧，弄得轟氏夫婦應接不暇，啼笑皆非，趕忙向物業經紀行登記，出頂物業，再換一家更小的。

雅倫是個好人，被墨非惹了如許風波，確是始料不及。但隆妮畢竟是個女流，少不免要回敬美美一番。她說：「幸而《紐約時報》沒有頒給他們餐室三顆星星，否則不知如何是好。但可憐的美美，居然連意大利的巴馬火腿也食不出，還以為是生煙肉哩！」

六個月後，在《食與酒 (Food and Wine)》雜誌上，作者戴慎思 (Carl Desens) 主持公道，寫了一篇文章，把「奧都事件」的始末，用旁觀者的身份，客觀地分析。他認為雅倫果是個傑出的好廚師，燒給他吃的菜，或非「畢生難忘」，卻也精彩脫俗。他說酒評家柏賴奧有所不知，賓州的酒例特嚴，所有酒品，全由政府壟斷，「牛頭」的酒單平

常，只是受了所在地州政府的供給所限而已。

事過情遷倏忽又半年，聶氏夫婦也許已如願賣了「牛頭」，雙雙往西班牙度假，忍將浮名，換個淺斟低酌去也。

上面不過是大城市中的一齣喜劇，人人看法不同，故事中的多元關係，充分顯露美國飲食界的浮生百態，也間接刻畫了美國飲食文化的架構。我們固無須向美國看齊，但他山之石，足可借鏡。

在歐西國家，尤其在法國，廚師要受嚴格的長期訓練，通過多級的甄別試後，有了大眾認可的地位，方始自立門戶，廚師往往就是餐室的主人，餐室的盛衰存亡，與廚師的榮辱聲息相關，因此廚師多能敬業樂業，個人自尊亦由茲而生，自然便能敬客了。

## 廚師狀元　舉國敬仰

或問：為甚麼區區一個廚師，如此受人矚目？

烹調是一門學問，以此為業的，在社會上有特定的地位，絕不以卜廚為恥。法國四年一度的最佳廚師比賽，首名可能是個廿五歲的年輕小子，但舉國敬仰，一如中了狀元。在美國紐約州，便有一家「美國美食學院 (Culinary Institute of America，簡稱CIA，與炮製情報的中央情報局CIA同一簡名」，課程相當於兩年制的大學，訓練之嚴，收費之昂，不遜貴族大學。不少持有學士學位的也前往就讀，學生甫畢業即受各大酒店重金禮聘。有些大學設有「餐室管理 (Restaurant Management)」學系，美國加省大學戴斯分校 (University of California at Davis) 的「酒學系 (Oenology)」更是馳譽世界。其他大學校外課程部亦新興「品酒 (Wine Appreciation)」一課。一般的家政系，都有烹飪科目，洋洋大觀，可見飲食之道，足列學術門牆。名廚之動態，當然為食客、食評家、飲食新聞記者以及大眾密切注意了。

## 名氣得來　決非偶然

可是「名氣」決不來自一朝一夕。廚師一方面要具備優秀條件，社會上也要有健全的食評制度，使言者無罪，聞

者足誠，飲食水準因此得以維持，消費者的利益方始有保障。負食評之責者，除了要有廣博的飲食知識外，尚要態度嚴謹，秉公無私，不動聲色，一試，再試，三試而後評。美美在「牛頭」只吃了一次，可能當日正值雅倫夫婦狼狽異常之際，偶然失手，人之常情，若以偏概全，狠狠出招，不免有欠公允，且大失食評家之風度，隆尼只幽她一默，也算顧全忠厚的了。「剃人頭者，人亦剃其頭」。其斯謂乎？

反之墨非已是個名滿文壇的作家，不必借「奧都」揚名。但寫飲食文章又是另一回事，大吹大捧與亂棍直貶，後果皆不堪設想。如他不用「大有可能」而用「一定」，則「呂特士」主人大可振振有詞，控《紐約客》毀謗他餐室用冰凍比目魚頂包之罪，則好戲在後頭矣。

後記：事隔二十年，當時我們認為香港酒家雖多，但廚師之訓練、選拔與頒級，尚未成熟，食評制度亦未確立，轉述這個故事，只希望飲食界之有心人，能體察香港食壇之時弊，迎頭急起直追，向國際水準看齊。很可惜，在香港極度繁榮之時，飲食業卻走了歪路；傳統維持不了，創新菜又徒有其表。到了廿一世紀，經濟低迷，淡風隨處，除了幾家高檔老字號之出品尚屬可以之外，中型與大眾化之食肆每下愈況，無復昔日「食在香港」之光輝，而食評制度仍付諸闕如，有真功夫而又得大眾認可之廚師寥寥無幾。反之在緊張的謀生壓力下，催旺了快餐業，消費者圇圇吞棗，不辨優劣，未免不令人太息再三。若長此下去，香港飲食勢難翻身了。

# 古今拉雜談餐巾

**（原文寫作於1980年6月，2002年3月修改）**

雖然搬家到鄰幢宿舍，景色卻換了一大片。清晨煙霧迷離，海天和山全混在一起，分不清海多闊，天多高，山多遠。俄而太陽似度激光，把濃霧驟地割切，推向兩邊，銀光便在窗前的海跳躍。山於是婷婷在遠處，天青水碧。我幾乎忘記人在香港，家在美國，心在天天成長的小孫子們，是否還記得婆婆這塊臉孔？

有一杯咖啡，一本好書，心愛的音樂，加上無奈作客的輕愁，日子就優悠地溜走。念着一生中幾曾有過如此清閒，何妨放縱一下，就把海全攬作自己的，生命豐滿得快瀉。

自入廚後久與學術絕緣，書讀得很雜，只為娛情。偶閱一本叫「飲食古今」（Food in History）的書，是英國女作家Reay Tannahill編撰的。縱看史前到現在，世界飲食習慣、烹調方法和作料，其中不少有趣的小節。

書上說紀元前後，羅馬帝國貴族的宴會是取開口席方式，九人分據三張睡椅，人人半躺着，左手撐起身子，右手伸到桌上去拿飲食。那時雖然有刀有匙羹，叉還沒有發明，只好用其五爪金龍，因此睡椅旁邊鋪滿了餐巾接住汁液，不致撒得一地，也可以用以擦淨油膩的手和咀臉。

想不到千多年後歐洲大部分國家仍然抓食。史書上雖

21

嘉芙蓮美地齊

筷子的歷史有四、五千年，至今仍為中國人普遍使用

有記載法國絲商在意大利用銀叉叉肉來吃的事實，但在一五三三年，意大利佛羅稜斯公爵女兒嘉芙蓮美地齊 (Catherine Medici) 嫁去法國做皇后時，妝奩雖有成批廚子，整車的香料和蔬菜，精緻的盛器，繡花桌布及餐巾，但未見有人提及帶「叉」這回事。

文藝復與時，餐桌上不見有羅馬帝國時代的餐巾。儀節書上有教人用手抓食的禮法，在今日讀來不難想像到當時宴會席上的狼藉。規矩是手要先洗淨方好往盤中拿菜，不可海底撈月般左挑右揀。抓完食物的手，不可搔頭，以防虱子掉進食物。不可用手鑽鼻子，挖耳朵，更不可上下其手往身體癢處亂掃 (所謂癢處，內裏另有文章)，掃完再去抓食。這正是千古奇「文」，值得你我共賞。

到了十六世紀有人描寫一些貪吃的人，一手撈到食盤中，汁液幾乎漏及手腕，髒了的手，便用餐巾猛揩，揩完又用來抹鼻涕，拭臭汗，因此儀節書上又多了用餐巾之衛生須知。

約在十八世紀，以叉為餐具方始在歐洲流行，抓食之風方斂。但在十九世紀末，英國海軍進餐時仍然禁用刀叉。據云用手吃餐可訓練規矩及保持男性之威儀。

反過來看中國，筷子想已有四、五千歷史。傳說紂王本人發明了象牙筷子，當時約為公元前一千年。殷商兩代祭祀和飲用用的青銅器皿，顯示中國高度的飲食文明。《詩經》中「賓之初筵」一首，有說及筵席 (指周朝時代) 的禮節應該維持，喝醉的應自動退席，以免失儀。《禮記》上也有載飲宴時主客揖讓入席之儀節。

就算上一代，對我們平日飲食的儀注也十分重視。記得小時最怕父親的乳娘，又老又醜，煞像雙兀鷹，每餐瞪着眼睛在小孩子的飯桌四週巡邏，要是見到有人掉了飯菜在桌上，不由分說便用筷子往孩子的頭上一記記打過來，一粒飯也要撿得乾乾淨淨，飯俊自有丫環送濕毛巾來揩手和抹口，那有什麼餐巾的。

中國人自稱禮儀之邦，歷史悠久，飲食文化源遠流長，不料歐西在近一二百年，對飲食儀注急起直追，早已

凌駕中國之上。一般中國人咀嚼食物，聲音很大，喝湯時唏哩呼嚕。因為實行的是共食而不分食，人人拿着筷子亂翻菜餚，剛放進口的筷子，又用來夾菜。雖則近年大酒家樓的筵席侍應方式，進步到分菜，但中、小食店仍未有「公筷」、「公匙」的設備，家庭日常三餐，更加隨便。反而在外國的中國餐館，不論大小，都供應「公叉」或「公匙」，餐巾也是不可或缺。

四十年代，省港的茶室及酒家，客人一進門便有香巾遞來，離席時又再遞一次。「茶」、「巾」和「芥」是帳單一部分。中式酒席上濕毛巾與餐巾同用，只不過是近三、四十年的事而已。

餐巾既源於西方，自昃西餐宰用得較講究。以前一般餐巾和桌布，都是棉質和麻質的，純白色，漿得挺硬，可摺好平放在餐碟上或碟旁，或捲摺成花插在水杯內。

北歐家庭重視桌面擺設，一日三餐，絲毫不苟，餐巾、桌布與餐具都經主婦悉心配搭，線條簡樸而富藝術性。丹麥京城哥本哈根有所著名的大公司叫Ilium Boglihus，裏面有很多餐廳陳列室，每個都像一幅和諧的圖畫，遊客恆駐足觀賞。餐巾側重色澤的調和，摺法簡易，打開來平滑少皺，可貼貼服服地鋪在膝上，也可掛在領下。美國新近興起的廚具店，多附設烹飪班，有些還提供「北歐式桌面設計學」一科，選讀的大不乏人。

餐巾源於西方

上海錦江飯店名廚來港表演，單是餐巾接法便有百多種，震撼了香港人。筆者住在錦江飯店時，一位非常和氣的女服務員項桂玲，犧牲了她午睡的時間，教了我十幾種摺法，回來每款實習了多次，頗有一些意見。

花式摺餐巾法，宜用純棉或純麻，面積特大的餐巾，上厚了漿，熨得平滑，摺痕方整齊顯明。新式餐巾，所用材料多半混入人工纖維，偏重顏色和花樣，以求與餐具甚或與室內裝置相配合，但不能上漿，故軟，難用於花式摺疊。

漿挺的餐巾，用繁雜的方法摺成花鳥魚蟲的形狀，置於水杯中，款款不同，確是個好話題。太太們有興緻的，

可即席拆開來仿摺一番，宴會平添不少樂趣。

　　可是自古至今，餐巾為用在揩、在抹、在保護衣服，裝飾不過是次要的條件。太硬的餐巾，揩破皮膚，摺皺了的，不平服，每每易從膝上滑下掉到地上，拾回又掉，確是不勝其煩，失去了餐巾原來的效用。


　　用餐巾摺魚的鱗，鳥的身和尾巴，皺紋最多，用起來極不方便。倒是一些簡單而又別緻的摺法，值得向大家介紹，可用混合纖維做的餐巾，免漿免熨，省去不少冤枉時間及人工。

## 包花

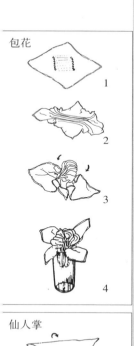

包花

1

2

3

4

　　1. 在餐巾中央摺七度一寸闊的風琴式直摺。

　　2. 握成一疊，往兩邊向下一屈，使成花心。

　　3. 將四角逐一覆起向上成葉。

　　4. 插在水杯中，整理花心，使較生動。

## 仙人掌

仙人掌

1

2

3

4

　　1. 對角摺餐巾成三角形，三角形的高便是仙人掌的中線。

　　2. 從底邊之中點開始，自左向中線摺疊，每摺約成30度，握緊，再自右如是摺疊。

　　3. 握緊中部，成仙人掌。

　　4. 把三隻角分別向上覆，便是葉。插在杯中。

## 金魚

　　1. 將餐巾左右兩邊向中線摺入。

　　2. 再向中線摺入一次成一四層厚之長條，摺口向上。

　　3. 從手邊向上摺成一寸闊之風琴式褶紋，留下三寸半

不用摺，作為魚尾。

4. 兩手執緊風琴部份，左右向下一屈，便成魚身。

5. 打散尾巴，在頭最末端稍屈一下，使成兩眼，插在杯內，尾巴部份豎出，成金魚形。

## 蓮花

1. 將餐巾四角向中點覆上 (面積為原來一半)。

2. 再將四角向中點覆上一次 (面積又較前少一半)。

3. 再將四方形反轉，把四角覆上 (面積再減一半)。

4. 用左手四個手指分按覆上之四角，然後逐角由底拉向面，第一層是蓮花瓣，第二層是葉，稍弄平花的底部，便可平放在碟上。

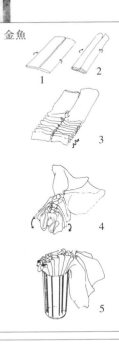

金魚

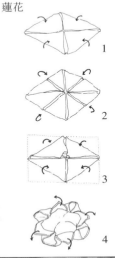

蓮花

# 無價餐單與女東道

（原文寫作於1982年，2002年3月修改）

在未決定從美國回港定居之前，我們下榻半島酒店等待天機辦理到上海交通大學授課的入境手續。為了方便，多時會在樓下的「吉地士（Gaddi's）」午餐。我們一身旅客打扮，看來絕不似情侶或生意人，侍者很有禮貌地遞給我一份沒有價目的餐單。

老夫老妻，自不必裝甚麼門面，我說想要一份有價目的，侍者仍然很有禮貌照辦如儀，可見女客也有權利知道價錢。但這份沒有價錢的餐單，卻代表「禮遇」——主客間的；男女間的；尊卑長幼間的。主人請你到這家「兩種餐單制度」的餐室，確是要衷心款待你，絕不拘泥於價錢。

這種「制度」，有說不出的效力，用以「搏」印像，尤其成功。多少女孩子的芳心，就在如斯氣派下，輕輕默許。一些難以擺盤的生意，會圓滿成交。很多恩怨過節，就憑這張餐單，不必唇焦舌爛，一切盡在不言中，的是無價。

西方禮節，男女在餐室同膳，除非特別關照要分賬或由女方請客，賬單多半遞給男的。而在歐西國家，餐室越是高級，越多行這種「制度」。法國三星餐室的餐單都分開男、女的。難怪外國人看到中國人付賬時那種你爭我奪的緊張情況，真是瞠目結舌。

不過，現代女權擴張，由女人付賬，已全不稀奇。隨

着婦女在家庭以外的地位日漸提高，參與競爭行列的職業女性，社交活動一如男的。責任重而公務繁忙的「女強人」，利用餐室作辦公室，在用膳時約人會晤的例子與日俱增。紐約最負盛名的「四季 (Four Seasons)」餐室的經理人便說，紐約一些女時裝設計師，女出版商及很多大企業的經理，在他餐室內都有經常特定的檯子及私人戶口。應邀同膳的男士，不用付賬，自不在話下。

荷里活「字羅餐室」的主持人也說，好些女製片家，女編劇家及從業電影的女主管，在她們的「私家檯」上，大大發揮她們的外交才能，施展她們的權力。在芝加哥，很多女商家直接利用「兩種餐單制度」，她們男客人的餐單，便是沒有價目的那種。

中式宴客，尤其筵席，價目都是預定的，很難利用這種制度。西餐餐單較簡單，同膳人數也較少，每人可以自由選擇菜式，因此可行。今天香港商務蓬勃，與外商交易頻繁，女政客、女企業家及科技專家亦大不乏人，如有更多的餐室能考慮加設「無價餐單」，使主人不論男女，俱能盡心表達款客之情，收公私兩全之效。

# 正名與正宗

**（原文寫作於1987年5月，2002年4月修訂）**

打開一本稍為完備的中國菜譜，很容易發覺到中國菜名不外歸入下面幾大類。

## 六大類別

一、最普通的莫若望名知義，由烹調法加作料而成的菜名。這類菜名，清楚明白，無庸置議亦不須深究，諸如菜心炒牛肉、白切雞、清蒸海鮮、鹽焗中蝦、醬爆肉丁、回鍋肉等等。

二、一些也是開門見山的菜名，着眼處除作料和烹調方法外，並指定該菜式所採用的特別炊具如砂鍋魚頭、煲仔豆腐、汽鍋雞、鐵板鱔魚、竹節鴿盅等，都是名實相符的菜式，調味料或可變化，但作料和炊具則不能更易。

三、有些菜名指定了作料要依循一特定形式去處理，諸如松鼠黃魚、琵琶大蝦、鴛鴦帶子、蓮蓬豆腐、燈籠雞、太極香露等。近年流行的工藝拼盤，則全以「形」為中心，依着菜名去安排作料如熊貓戲竹、百鳥朝凰、龍鳳呈祥等等。

四、冠以地名的菜名諸如北京烤鴨、揚州獅子頭、西湖醋魚、東江鹽焗雞、大良炒牛奶、無錫肉骨頭、南翔小籠包、潮州蒸鵝、鎮江肴肉等，菜名都附帶特別做法和地方風味。

鳳城蠔鬆

五、名目花巧，見菜方知真相的菜名，有如武功的招數，高深莫測。「花拳綉腿」是油泡雞翼和田雞腿，「萬紫千紅」是個五色繽紛的水果絲和火鴨與海蜇的冷盤，「掌上名花」是蝦膠釀鴨掌，而「推紗望月」卻是竹笙鴿蛋的化名。此類菜名，一任廚子賣弄，無可爭議。舊式粵筵菜單上最多此類菜名。已故陳榮師傅在他的《漢饌大全》一書內，便有詳細的臚列及解釋，菜名來自諧音或借喻，聽來高雅詩意，但很難測到「鳳袖羅裙」是雞翼螺片，「群兒弄蝶」是油泡帶子加蝦子芡。近年香港各種美食大賽，也出現了不少花巧菜名，參賽者不用受一特定菜名的限制，能盡量發揮一己之長，是名由菜生，打開了創新的局面。

六、冠以人名的菜名，多是由某一人所獨創而為當時的人或後人發揚光大。早若家傳戶曉的東坡肉、宮保雞丁、伊府麵，稍近如左宗棠雞、太史蛇羹、大千雞等，目下香港更有阿一鮑魚。做菜的人，應謹循流傳的食譜，如法炮製，稍有偏差或自行更改，則不應冠以創始人的名字，否則菜雖成而不正宗了。西方食譜亦有相同現象，如威靈頓牛柳 (Beef Wellington) 是酥皮包着牛柳來焗。洛奇斐勒生蠔 (Oyster Rockiefeller) 是開邊生蠔上蓋芝士及菠菜茸明火焗成。奧羅夫牛仔肉 (Veal Orloff) 是焗熟牛仔肉釀入鵝肝醬及黑菌加芝士、洋蔥、蘑菇汁。法國三星名廚多自著食譜發行，初出道的小輩若想依法烹製應市，只能在菜單上聲明「某某式」，如「布駒氏式龍蝦濃湯」(Lobster Bisque, a la Paul Bocuse)，一方面表示尊重創者，二來不致掠人之美。

## 名人名菜

菜名之中，要算人名菜究考最多，其次方輪到地名菜。人名菜中，年代越久遠越難稽考。就以一個東坡肉而言，人盡皆知由宋朝名學者蘇東坡謫居黃州時便流傳至今。黃州人不喜豬肉，東坡認為可惜，及自創一法，將五花夾肉切成方塊，鍋底墊薑蔥，放入肉塊後加進酒、水、糖和醬油，文火煨爛。現時外省館子的紅燒肉，其實是東坡肉的濫觴。

蘇東坡一生仕途坎坷，屢屢被貶，當時在汴梁一帶流行另一種東坡肉，取材於東坡的詩「無竹令人肥，無肉令

東坡肉

29

人瘦，不肥又不瘦，竹筍加豬肉」，是用竹筍及冬菇墊底，上加豬肉再注入清湯同燉，與味濃色紅的東坡肉，是個明顯的對比，可見東坡肉也有不同的做法。

晚至清朝同治年間，貴州人丁葆禎在四川任總督時喜以炒雞丁宴客。因為他的官銜是太子少保，亦即宮保，於是宮保雞丁之名便不脛而走。可是，同一個宮保雞丁，在丁宮保的家鄉，做法與在四川又有差別。前者是將乾辣椒加生薑及蒜頭搗爛下鑊爆炒雞丁，而後者是把乾辣椒切段，用油爆香後與雞丁同炒，加炸花生米。貴州做法則不加炸花生米。一位戰時在貴陽居住的朋友說，那時的宮保雞丁還混入大量的老玉米呢！至於那一種做法纔算正宗，實在難說。

再近如一味「大千雞」，出自張大千先生的家廚。離開張家自立門戶的廚子，最出名的要其東京的陳建民。在美國加州，大千家廚的徒子徒孫，單靠一味「大千雞」走紅的為數不少，各人手法多少總有出入。食家特級校對曾在張家作客，啖過「大千雞」，據云是用雞上脾，去皮去筋膜，切丁與揀手青紅椒同炒而已。筆者在加州上過張家廚子的烹飪課，「大千雞」所用何種牌子醬油及辣醬亦有規定。那麼，不循正方而烹製的辣子雞丁，都不能算是「大千雞」了。

先祖父江孔殷太史，以蛇羹宴客著名，棄世不過三四十年，太史蛇羹的正統做法幾乎失傳，濫竽充數的太史蛇羹則比比皆是。惟獨「阿一鮑魚」，既有王亭之在其專欄大事捧場在先，復有梁玳寧在《飲食世界》雜誌公開做法於後。即是說，阿一法烹製鮑魚已公之於眾，等同得到專利。別家的廚子，明明採用阿一法去烹製鮑魚，但因阿一是時人，有「生口」對證，只能謙稱「阿九鮑魚」了。

## 面目全非

至於地名菜，想保持正宗也不容易。近代的生產技術先進，作料的水準可能與往昔有別，加以交通發達，容易引進別地的烹調方法。同一地，同一菜，每因年代而不同，今日的北京烤鴨，已失去昔日的風味，普通如「揚州獅子頭」亦版本多多，若強求正宗，徒自苦耳。

大千雞

有「素菜之王」美譽的「鼎湖上素」今已面目全非。昔日從鼎湖山上的寺觀傳到廣州，民初時已膾炙人口，四大酒家之一的西園便以鼎湖上素為代表菜。

「鼎湖上素」集合了三菇六耳加名貴的竹笙，缺一不可。三菇是冬菇、草菇、張家口蘑菇；六耳是榆耳、黃耳、雲耳、銀耳、石耳及桂花耳。這十種不同的菌類，各有不同的質地，吃水度和受熱度各各不同，一定要分別處理。六耳中除了黃耳及桂花耳微帶幽香外，連竹笙在內，本身都沒有味道，要靠三菇及上湯扶持。這是一個工序多而費時的菜式，配菜連銀芽、鮮筍及生筋亦要分別煮好方能與菌類全會在一起。

現時香港潮流興食素。「鼎湖上素」大行其道。可惜能用正宗手法去處理這個菜的酒家有如鳳毛麟角，徒有其名而全無其實。除菜面上鋪漂白了的竹笙外，下面蓋住雜亂一團，毫無格調。

鼎湖上素

筆者以前最喜以「鼎湖上素」奉客，常以能集齊三菇六耳，小心炮製而得意非凡。豈料近年石耳斷市，能買到只是未經洗淨，黑面棕底的原貨，浸發後要用小刀逐塊刮除棕色的雜質，費時失事，而一大碗發透的桂花耳，剪下來只得一兩匙，如此麻煩，只好放棄。

八四年住在歐洲，時到各地搜購不同的乾菌。冰格內常備德國的石菌（Steinpiltz）、瑞士的羊肚菌（Morelle）、意大利的牛肝菌、瑞典的黃菌（Cantharellus），要煮起素菜來隨手抓一把，方便得很。這幾年美國人較肯用珍貴菌類入饌，高等超級市場常有新鮮的冬菇、蘑菇、蠔菇、鳳尾菇及金針菇等。在一家叫「蔬菜天堂」（Vegetable Heaven）的地方，可以買到鮮羊肚和黃菌，還有兩種罕見的菌，一叫「豐盛之號角」（Horn of Plenty），一叫「死亡之號角」（Horn of Death），外形都似喇叭，一白一黑，十分有趣。乘興買了一堆，做了一個大素會，只好名之曰「鼎湖新素」了。

香港的日式超級市場，出售的鮮菌亦有多種。要燒好素菜，何必拘泥於三菇六耳，更何必一定要背上「鼎湖上素」之名纔算正宗呢！

31

# 法國大菜古譜新繹

(原文寫作於1989年3月，2001年6月修改)

　　巴黎市中心有個圓形的皇棟廣場(Place Vendome)，中央有一條高柱，柱頂矗立拿破崙的銅像。法國朋友告訴我們，「這個銅像會動的。」

　　銅像會動？這又是怎麼的一回事？

　　原來法國人的歷史觀，與法國時裝彷彿，務求多變。拿破崙吃香時，被尊為法國共和的捍衛者，歐洲民主的先驅，銅像自宜高高在上，雄視萬邦。不吃香時，他又被指責身受法蘭西人的重責，竟然出賣共和，自行加冕稱帝，且好大喜征，功不成而萬骨枯。敗軍之將，焉可言勇！非拉他下來不可，讓國人飽看他五短身材，任後世唾罵。

　　一七八九年，巴黎群眾攻破了巴士的(Bastille)監獄，爆發了如火如荼的法國大革命，世界歷史，頓然改觀。拿破崙是革命的「接班人」，但是非黑白，史家迄無定論。傳統說法，謂革命中堅是當時新興的中產階級。但現時已被證實在革命爆發時，該中產階級仍未上台，而革命的動力卻來自開明的貴族，例如也曾在大革命前十二年參加過美國獨立的拉發葉(Lafayette)侯爵。法國革命在短短幾年內便變了質，而在「自由、平等、博愛」的革命口號下，卻產生了殺人如麻的羅伯士比(Robespierre)，顯然是極大的諷刺。被他判上斷頭台的羅蘭夫人臨死前說：「自由，自由，多少罪惡是假你的名做成？」一七九三年，法國西部

拿破崙

的枉地 (Vendee) 極右反對派投降，慘遭族滅，主事者的維是脫民將軍 (Westermann) 洋洋得意地説：「我馬蹄下踐踏了兒童，我屠殺了婦女使她們不能再生叛民！」博愛云乎哉？

大革命孰功孰過，且讓智者去判斷。現代的法國史家及政治家，各持不同觀點，事實上法國大革命取消了許多貴族特權，推翻了皇室，御廚及貴家廚師紛紛自尋出路，餐室一行，由茲蓬勃興盛，盡佔天時、地利、人和。難怪十九世紀的史家都説革命時百業凋零，唯有口腹生意一枝獨秀了。

姑無論歧見紛紜，法國人一提到食便一致贊同，毫無異議。今年正值法國革命二百週年，慶典卻以低調進行。第一砲響出的慶祝節目，由法國新聞聯合企業主辦，二月中旬在巴黎一家二星餐室舉行，出四位名廚每人仿製一道革命時期最膾炙人口的菜式。與會者包括美食家、娛樂界、新聞界共二百多人。主席形容説，法國人在餐桌上，可以發生很多事情，男女墮入愛河，夫婦化離，朋友爭辯，但立場不同的政客，卻能安之若素，開懷盡情飲食。

第一道菜是「燜豬腳」。傳説謂法皇路易十六在一七九一年逃離巴黎時，中途停在路旁一家餐室，大「嘆」其燜豬腳，因而誤事被追兵認出把他拘捕。這雖是謠傳，該餐室的炆豬腳卻名聞遐邇。仿製這個菜的兩星名廚巴特 (Bardet) 所根據的一七五八年古方，祇有香料名字而無分量，火候亦然。巴特試了好幾十次纔把香料的比例校正了，但品嘗過的史家則認為豬腳的火候仍然不夠。因為大革命時期，民不聊生，豬腳往往要煮上五十小時，至骨頭全都酥軟可吃纔不暴殄天物。可見現代人演繹語焉不詳的古譜，就算萬兒響噹噹的名廚，也會出錯。名廚的經驗，可以定出香料多寡的標準 (該名廚的今日標準) 與及豬腳的適當加熱時間 (也是由名廚來判定)，但名廚不是史家，豈知當時物質缺乏到豬腳也要連骨吃下！讀時代週刊的報導至此，不覺感慨系之矣。

第二道菜是「釀鯉魚」，鯉魚是歐洲節日的美食，每個國家做法不同而已。猶太食法是把鯉魚在葱油內煎香，灑點粉，加水，香茜及蒜炆腍，移出魚把汁收乾淋回魚面便是。俄國習俗把鯉魚切塊上粉，加入白酒、醋及酸乳同烤

33

香，與酸椰菜同上。德國人則以啤酒煮之。英國人煮、
煎、炸法俱採用，但不當作節日珍品。而在法國，鯉魚是
先釀好然後用酒炆之，用紅酒或白酒則視區域而異。仿製
這個菜是來自德法邊境史特斯堡（Stasbourg）的兩星大廚，
該地處法國著名白酒區，想係用白酒無疑。鯉魚食製，在
歐洲既有數百年的傳統而且繼續流行，今法古法，差異不
大，這次所根據的是1739年古譜。

第三道菜是「烤閹雞」（Capon，廣東人叫劃雞）。法國
的閹雞重達九磅，肉質頗韌，多用以煮湯或紅炆。古譜用
的是煮法，而譽滿全球三星名廚盧比桑（Robuchon）卻用海
鹽包住雞去焗。

另外一道歷史菜是「椰菜肉腸湯」。此湯至今仍是法國
加士貢尼（Gascony）一帶的地方菜。二星名廚杜吐奈
（Dutournier）認為若然照足古譜炮製，則湯會過濃，插叉
入去可直立不倒，所以將湯煮得較易入口。

由此可見烹調是最靈活的藝術，不能一成不變，「食
古不化」。此次古譜翻新的菜式，都不是珍饈百味而旨在
應景而已。

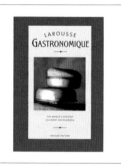

法國革命以後名廚輩出，法國大菜一代宗師卡廉
（Gareme, 1784-1833），當過法、英、俄三國皇室的御廚，
晚年著有廚書四冊。其後又有艾斯高飛（Escoffier, 1846-
1935），著有《美食指南》及《我的美食》兩冊。法國廚子均
奉兩人之食譜為圭臬。出版商樂如斯結集此時期的名廚食
譜成《樂如斯美食百科全書》（Larousse Gastronomique），風
行數十年，且已譯成多國文字。

艾斯高飛

百科全書內，食譜雖然琳瑯滿目，但只有菜名、作
料、製法而無詳細的分量及火候。廚子依譜做菜只能自行
演繹以求不失其宗。

世界各國食譜的進化，由簡單而日趨完備。這本包羅
萬有的法國美食大全也得重新修訂而加以現代化起來。經
過專家多年的研究及試驗，新本已面世多年，英譯本也繼
在倫敦發行。八八年美國皇冠（Crown）出版公司又將英譯
本美國化，改公制為美制，一些歐洲作料也改用美國土

產，而且更加上中國菜，日本菜及美國菜三個部分，蔚然大觀。紐約食評家美美喜來登 (Mimi Sheraton) 則認為美譯本在內容及圖片上顯得板滯，欠缺文采，實為美中不足云。

# 時尚

（原文寫作於1989年4月，2002年3月修改）

## 時尚一定要「在」(IN)

時尚是某一時期，某一社會生活方式的表現。

當大家穿窄管子褲而你卻拖着喇叭褲搖擺過市，你也許不自覺，別人就會覺得你很礙眼。當人人把衣衫的膊墊得高高，而不管對你是否合適，你也非兩肩高聳不可。

可見時尚一定要「在 (IN)」。

「在」字意義廣泛；隨波逐流，參與活動，投入社會。我存，則我「在」。

新派粵菜「脆皮香芒沙律蝦」

服裝的潮流最明顯，因為凡人都會走到街上去。有人的地方就有時尚的顯現，欲避無由，除非與世隔絕，獨居不出。飲食時尚卻遠遜服裝的敏感。某一天你吃了甚麼，總不能挖開肚皮示人內裏的是垃圾抑或珍饈百味。何況縱是珍饈百味，不久亦會循自然途徑歸於廢料。

趁飲食的時尚，無非不想此生有悔而已。大、小滿漢，佛跳牆，阿一鮑魚，老鼠斑，醉翁蝦，新派粵菜，潮州菜，湖南菜，川、揚菜，泰、越菜、日本菜等等，只消傳媒界一吹、一捧，自有人蜂擁去也，為的就是要「在」，好等別人說得眉飛色舞時，你可輕描淡寫地說聲：「我全都吃過了。」

中國人口味非常保守。香港雖説是個大都會，仍是個小地方。又因一般家居的廚房多較狹小，飲食的時尚盡現於商業食品上。傳統粵菜自開埠以來，屹立不動。近數年新派粵菜極力創新，惜過猶不及，根基尚未穩紮，回復傳統之聲已起。除了素食大眾化以外，其他某一種食物，某一系列的菜並未構成一道強流，可以引發港人毫無保留的跟隨。

## 法國新菜已不新

奇異果

試觀六十年代法國新菜的崛起，揚棄了傳統大菜的濃郁，浪潮捲及全球，歐西各國飲食俱向清淡的路走。及至八十年代中期，新菜悄然沉寂，已不再是時尚而納入了法國菜的正軌，新舊合成一體，是近百年來影響力至鉅的飲食潮流。而隨新菜大放異采的奇異果及白梗紅葉生菜 (radicchio) 也日趨普遍，成為大眾食品。

不過，不是所有曾一度時興的食物都能抵得住潮流而歷久不衰。美國的情況尤其特別，每隔若干時日，便會無端興起一種食物，只要倡導有人，很快全國上下趨之若狂，流行到巔峰時又會驟然消失。

### 法式蛋撻與「真的漢子」

最有趣的是早幾年前法式蛋撻 (quiche) 在美國大行其道。主婦烘蛋撻，小食店賣蛋撻，飯館餐牌加上蛋撻，食品加工商大力增產蛋撻，種類五花八門，幾乎無人不食蛋撻。不料一位名氣顯赫的專欄作家，在他的文章內幽默了一句：「真的漢子不吃蛋撻 (Real men do not eat quiche)」，於是大凡自認真的漢子的都不吃蛋撻了。婦解運動者反唇相稽説：「真的娘子吃蛋撻。」雙方激戰數回合，畢竟蛋撻用太多的牛油、奶油、乳酪和雞蛋，很快便吃膩了。一場真的漢子與娘子之爭，乃告平息。

專欄作家不　定是美食家或飲食文章作家。但因為美國報紙多是聯合企業 (syndicated enterprise)，專家一文，豈止數登而是數十登數百登，一言輕重，人人都引為話題。

### 法式牛角麵包

繼蛋撻之後，又流行吃法國牛角麵包 (croissant)。風氣一開，美國各大小城市，小型法式麵包店四處開設，有如雨後春筍，大賣牛角包，花式之多，遠離其宗。甚焉者更有餐室不止賣塞餡的牛角包，尚且夾入各式肉片，淋上汁液。牛角包本是法式早點，香酥鬆脆，與咖啡有如牡丹綠葉，而美國人將其搞得不倫不類，哄動了一時，支持乏力，法式小麵包店很快便關門大吉。

### 意大利式麵食繼續強勁

近兩三年意大利式麵食 (pasta) 特別流行。其實番茄肉醬意粉 (spaghetti) 及薄餅 (pizza) 早已是美國普羅大眾的食物。這陣子吃香的，卻是用不同的麵底，鋪上多采多姿的麵碼。麵的形狀多極了，從幼若天使頭髮 (angel's hair) 至寬若腰帶的塊麵 (lasagna)，又或奇形怪狀，五顏六色：黃的是蛋麵；綠的是菠菜麵；紅的是甘筍麵；黑色的是墨魚墨汁的麵。家家意式餐館都以「生麵」(fresh pasta) 作招徠。甚至有餐室在當眼地方，特設窗櫥，公開打麵的技術。

至於汁液，多是紅汁 (mariana) 及白汁 (cream sauce)，但麵碼用料卻是多樣，各種海鮮、肉類及菌類都用上了，更講究的還會加入黑或白松露菌。正是豐儉由人，人人可食得起。意大利麵食因為有麵，有汁，有肉，可以當作一道主食，而變化多端，不會令人生厭。其所以多年不衰，自有其本身條件。蛋撻牛角包等，不過是小食，狂熱一過，難再抬頭。

現時生麵比乾麵要貴上好幾倍；生麵供應商又應運而生。家庭主婦紛紛購買手搖或電動製麵機，自製麵食。除餐館外，又興起了麵食外賣店，上班一族，實行「外賣內吃」(take out and eat in)，帶回家去加個沙律便是一頓好晚飯，省去不少時間及金錢。

環顧美國各地，中式雜碎館星羅棋佈，無一不賣炒麵，而百多年來竟掀不起熱潮，無他，粗製濫造而已。

打麵機

## 墨西哥木炭夠香

現代人都不想花太多時間去煮食，戶外明火燒烤乃得以盛行。隨之而來的是一種墨西哥產的木炭 (mesquite charcoal)，燒起來微帶幽香而無焦味。每逢週末，美國人都用「哥炭」燒烤，餐館也迫得相繼採用「哥炭」了。時尚就是這麼微妙！

## 八八年最熱門食物

八八年一位食療專家占士安得遜James Anderson發表的研究報告稱，美國成年人起碼有半數以上膽固醇偏高，而四分之一的兒童亦有此現象。但若能依照安氏提供的食單，每日食用三分之一杯的燕麥麩 (oat-bran) 輔以三分之一杯的乾豆類食品，在一個月內可以將膽固醇降低三十個單位。很多營養學及醫學界人氏亦呼籲美國人食用富含可溶性纖維 (soluable fibre) 質食物，以預防直腸癌及降低膽固醇。

燕麥麩是燕麥的外皮，是賤物，絕對不可口，味同糟糠，質似木屑，作為一種普通商品去推銷，實難引人入勝。但在健康的大前提下，美國人上下一心，熱烈響應，老少都食燕麥麩，一年之內，燕麥麩的銷量上升六倍。

燕麥麩最簡單的食法是攪入脫脂奶內作早餐。有人說，等同食豬餿。脆卜卜的早餐式燕麥皮，較易入口，但功力不似淨吃。安氏又有一個燕麥麩鬆餅 (oat-bran muffin) 的食譜，加入了提子乾、果仁、蛋白及少量的糖及油，總算好吃點。家家餅店於是又大賣燕麥鬆餅。但為求可口，又亂下作料，與安氏原譜大相逕庭。又有人不依分量，以為多食多益，殊不知燕麥麩吸水力強，食過了量反而會阻塞腸胃。

從上面幾個例子，可以見到時尚食物一定要普遍方能流行。雖然傳媒的影響力不容忽視，但鼓吹過份珍貴的食物，並非人人都有力跟隨，這就是名食與流行食品的分別。

後記：經過十多年，當年的時尚，在今日的美國已成歷史，除了意大利麵食仍然屹立不移，其他的時尚菜，興替交迭，漸為人遺忘。興起的是印度菜、泰國菜、越南菜，而日式

魚生及壽司已流行多時未曾稍衰。諷刺的是，一度被認為是最合乎健康的燕麥麩，竟為一個研究報告所推翻，證明了燕麥麩的營養價值，與一般麥皮無大分別，傳媒一說開去，燕麥麩的身價一落千丈。另一方面，自然食品大行其道，人皆趨向食用有機食物，諸如不用化學肥料和殺蟲劑種植的果蔬、食用不加賀爾蒙入飼料的牲畜及家禽，凡說是自然生長的食物，無一不聲價日高。這個趨勢，很可能由時尚漸變為必然，科學養植將會回復傳統方法，使人人都能食得更健康。

# 懷舊

（原文寫作於1989年5月，2002年3月修訂）

飲食的時尚首先要有人倡導和鼓吹，得到了普遍的接納與和應方始能流行，所以是大眾化的。

## 懷舊很私人化

而飲食的懷舊則私人化得很。生存在同一社會，同一時間，不同的個人因為年齡、背景、出身、經歷，甚或口味的偏好，在昔存今亡，又或今非昔比的情況下，自然有感乎中，懷舊一番，發出不同的喟嘆。

儘管不同的懷舊情緒可以同時瀰漫，但懷舊的內容實難一致，非「私人化」而何？

就以一些寫食經的老前輩為例。從最資深的食經鼻祖特級校對數起，到鳳三，而陳非，而唯靈，而漁客以至頻頻在電視亮相的黃雅歷（為求簡便，請恕尊稱從略），如果大家即興懷舊，大書特書，內容一定姿采繽紛。若結集成書，當會是一本包涵省、港、京、滬，七十年來中西飲食的滄桑錄。

已故名小說家包天笑先生，寫作生涯逾七十載，亨年足九十七歲。一九七三年謝世前三個月，尚完成一本回憶錄式的「衣食住行的百年變遷」，內容豐富，饒有趣味。回憶錄中有很多細節，今日讀來，可知一世紀以來中國人生活的改變。有幾項頗值一提。

這是一幀珍貴的照片，左起簡而清、陳非、特級校對、陳東，俱先後去世，右起陳天機、江獻珠、韓中旋。由梁玳寧拍攝。
（大圖見p.14）

一是提到沒有奶粉衹有乳娘的時代，窮家嬰兒多是營養不足。殊不知今天「十五樓也有牛牛」，香港兒童喝足夠的牛奶，人人健康活潑。他又提到數代同堂共食家常飯餐，一家樂也融融的情景。可惜包先生見不到大家庭制度的全面解體，就算是時節，家庭成員相聚也要轉向酒樓的現象。他還說在十九世紀末，有一二銀元便可肆筵設席請客，到了七三年三月，已有貴至三千五百元的滿漢筵席。事隔十六年，包先生當然不知道現在有六萬元一席的鮑魚全席。百物騰貴，通脹急劇，已成現代人的一大壓力。

## 新舊懸殊

生活的現代化，對人類飲食最大的影響，莫若冰箱與冷藏設備的普及和燃料的改進。

記得童年時代在廣州河南的老家，用的燃料是柴，廚房設有個磚砌的大爐灶，似長方形的大箱子。爐上開兩個大洞，各承住一口大鐵鑊。大灶前面有兩道鐵門，木柴便從那裏塞進去。火生好了，關上鐵門，米便放在鐵鑊裏煮。柴火的熱力同時還會燒熱灶後的一條銅管，冷水流經銅管便會變熱。其時我家雖非鐘鳴鼎食，但每餐非要兩大鑊飯不足以應付，而燒一頓飯的時光，就有足夠熱水供給一家人的沐浴。

舊式燒柴的廚房

柴很礙地方，要有柴房薀存，還要僱小廝專責「破柴」兼看火，遇天氣潮濕，松柴與松脂燒在一起，薰人眼水直流，而廚房抽氣設備全無，牆壁都被薰得又黑又油，故此廚房多與居室隔離。

比較乾淨是炭和煤球，但仍屬固體燃料，廢氣和餘燼俱多。到了火水爐面世，確是一大躍進。很快便有石油氣，煤氣也普遍供應了。就算一個小廚房，衹要有一個石油氣爐，一個電飯煲，烹調就更快、更好、更乾淨。若容得下一個連烤箱的電力爐，再加個微波爐，那就萬事俱備矣。

冰箱保鮮，冰格冷藏，不必天天買菜，節省了不少時間。最近在雜誌上看到美國通用電器公司 (GE) 設計的「夢想廚房」Dream Kitchen，包容了該公司全部廚房電器產

品。除了已經十分齊全的基本設備外，尚有向下及向上兩種抽氣系統，燒烤中心，做餅中心，空調酒庫，垃圾壓縮機等等，雖令人嘆為觀止，卻難免有物將盡其極的感慨。而環觀國內各大城市的居民，仍未能脫離煤球的苦難，往往廢氣漫天，空氣污染之極。

物質的享受永無止境，新的越多，越不能忘舊。不少人尚念念不忘那從紅坭小爐、熊熊炭火中燒出來香噴噴的瓦罉煲仔飯。鮑魚王阿一每到外地表演，必親攜帶他的炭爐。可見舊的並非一無是處。

## 新的恐懼

不錯，交通運輸的發達從世界四方八面帶來香港人數不清、吃不盡的蔬、果、魚、肉及美食，也帶來了現代農耕及飼養的毒害問題。相信大家仍然記得有毒菜心的事件。而不久以前美國發現了智利入口提子含山埃事，雖說是人為的政治破壞，但濫用殺蟲藥或化學藥品在全球已蔚然成風。美國人叫得聲嘶力竭「還我乾淨食物來！」豈又不是對已逝去美好日子的追憶？

美國農人有幾種化學藥品可以去野草、除蟲、殺菌，而且已經獲環境保護協會化驗後批准公開合法售賣。但自然資源保護委員會最近發表一項報告稱，有三百萬的美國兒童，因為比成人多吃水果及蔬菜而攝入了化學劑內的致癌物質，有五至六千兒童結果將會患上癌症。所以勸喻國人要把諸如西蘭花、番茄、甘筍，尤其是黃色的瓜類清洗乾淨方可使用。

為使紅色的蘋果不會在未成熟前掉下及果皮顏色更鮮紅，果肉更結實，美國農人在坭土中施用用一種叫Alar的化學劑。蘋果長大後就算去了皮，毒素仍在果肉內。若煮成果醬或果汁，Alar更會分解發出致癌物質。難怪美國人人都趕着去後園種自己的果樹和蔬菜。不用殺蟲劑種植的「自然蔬菜」，價格貴到離譜，仍然供不應求。

雞和雞蛋含沙門氏菌是全球性的。但只要把雞肉洗淨方去煮，雞蛋煮個全熟便可以避免。美國牛隻的飼料摻入了荷爾蒙，使牛肉嫩滑，受歐洲共同市場一度杯葛，而豬

隻因易生傳染病，所以在飼料內又混入了低量的盤尼西林及磺胺劑，常食這種豬肉的人，患起炎症來會對抗生素失效。海產更不用說了，魚貝類若生存在污染的水裏，攝入了的毒素會在體內加倍累積，不宜食用。若要樣樣化驗管制，實在不是一朝一夕可以實行。

大馬站煲

至於香港飲食行業近年濫用味精及化學醃料，諸如梳打食粉、硼砂、水、哥士的（氫氧化鈉，比鹼水更要霸道）、漂水等，已到了無可禁制的地步。且聞說某大酒家還用雙氧水去泡發魚翅。像筆者如此這般的小煮婦，視廚房為樂土，認烹調為終生興趣的，懷舊病一發作，不只無菜足以下箸，且會被人直斥實屬癡人說夢。

有很多事情前進了便不能倒退。往日之日既不可再，今日之日徒增煩憂而已。舊日的「好」，不懷也罷。現今既有人肯拿幾個湮沒多時的好菜式，冠以甚麼懷舊的美名，介紹登場，姑勿論依據的是何版本，或者懷甚麼人的舊，只要有好菜吃，又可壓抑一下胡亂創新的歪風，消費者一定歡迎。

# 仿古

（原文寫作於1989年5月，2002年3月修訂）

約在十五六年前，台灣出版了第一本飲食雜誌，取名「饕餮」。

「饕餮」本是古代以貪飲著名的一個惡獸，現於商周青銅器上許多神話動物紋飾之一，目的叫人戒貪飲。但當時祇有上層階級方使用青銅器，所以戒貪飲的思想並不在民間流行。

饕餮紋飾

「饕餮」一辭的意義，隨着時代而變遷。宋代飲食古籍《能改齋漫錄》中有提北齊顏之推説過，眉毫及項縧，雖係壽徵，但仍不如善飲食。他用「老饕」去代表善飲食之老人。而今謂人「老饕」，已無戒貪飲之意，反指「式飲式食」或「大飲大食」之人的美稱。

以如此佶屈聱牙的名辭作為飲食雜誌的名稱，可見出版者是從比較嚴肅的角度出發。可惜只發行了五期便停刊，至今原因未明。

## 仿製二千年前食品，有何意義？

記得是創刊號便介紹了由一群考古學家、歷史學家、民俗學家與及大廚師們在端午節聚餐並仿製了好幾種楚國食品。評語似是以現代手法及作料去仿製千多年前的食品，無大意義。一糭之微，經過歷代的演變，已失原來面

45

貌，而所謂楚國菜，是取材於楚辭中的「招魂」及「大招」兩詩篇。詩中與飲食有關係的，不外敘述當時之人列舉種種食品名稱，引誘死去的人的靈魂歸來，好好地去享用而已，而不是甚麼食譜，要仿，從何而仿？

## 古譜的新演繹，並非仿古

本年九月是法國大革命二百週年，紀念節目中，三月份有巴黎名廚仿製了幾個大革命時代最流行的菜式。雖然有古譜可稽？而名廚的技術無可置疑，但與以前之史學家卻持不同看法。大革命距今祇有一百年，已有仿而不真，仿無可仿的問題出現，一些高明的廚子索性以現代手法演繹古譜。但這只是一時湊興，並不說明法國人烹飪復古。

## 鑒古而知今

美國紀念二百年週年國慶，有人複製美洲土著印第安人的烤沙文魚和玉米餅。美國菜一直被歐洲人輕視，認為除了熱狗、漢堡包及牛扒，便沒有可以代表美國飲食文化的食製。的確，真正的美國土人就是印第安人，其餘全是世界各地的移民，在不同的地域生根，帶來不同的飲食習俗，加上美國領土遼闊，地理環境可以有很大的差異，於是便有很多地方菜。

美國人終於覺醒到，難道除了印第安人的原始食物，便沒有真正的食製了？在飲食界與名廚不斷發問之下，美國人恍然大悟，原來他們自己也有很多獨特的食製，他們再不尋根，而去發展個別的地方菜。

## 大力挖掘、繼承與創新

中國的情況很特別。八一年底，國務院規劃小組發出通知，指出古籍整理出版工作，對中華民族文化的繼承和發揚，對青年進行傳統文化教育有極大的重要性。於是飲食界乃喊出了「挖掘、繼承與創新」的口號。

中國有五千餘年歷史，有關飲食文化及烹飪的資料散見於史籍，一向乏人注意而沒有加以有系統的研究及整理。既然有命要挖掘了，學者風起雲湧，都鑽進古籍的牛角尖去。

從學術上看，這是十分令人鼓舞的。這些年來，不少學者加入了飲食訓詁的行列，發表了很多學術文章。雖然學者仍持飲食史與烹飪史應該分家的歧見，一般來說，考古、訓詁、民俗及烹飪各門，都有人不遺餘力地去挖，挖風簡直熱過了頭。而中國商業出版社更重印了《中國烹飪古籍叢刊》，每本都加以語體文注釋，使人易於閱讀。唐、宋、元、明、清以至民國初年都有可讀之作，雖非完全實用，但足堪參考。《中國烹飪》雜誌亦提供了廣大的篇幅，讓學者一心去「訓詁」，去「考」，去「說」，然後去「評」，而且還刊登一些烹調與化學、物理及數學現象的文章，內容非常專門化，真使人懷疑所有讀者都是超人。

中國烹飪古籍叢刊

## 烹飪古代化

學術研究，無可厚非。令人詫異的是，中國烹飪的優良傳統，經過文革破壞後尚未完全繼承，而仿古之風驟起。據一九八六年第七期《中國烹飪》報道，開封在搞仿北宋菜，杭州在搞仿南宋菜，濟南在搞仿孔府菜，南京在搞仿隨園菜，西安在搞仿唐菜。至於如何搞法，仿的又是甚麼，暫且不提，但西安市烹飪研究所副所長王子輝發表的洋洋數千言大文，堅持了五項原則：(1) 每個菜點必須有可靠史料的根據。(2) 取其精華，去其糟粕。(3) 所用原料必須是唐代具有的和比較稀有珍貴的。(4) 原輔料材料搭配盡量按原來的記載去做。(5) 烹製方法盡量以唐代常用為主。可見仿古是一廂情願，而且實行烹飪「古代化」。

## 「仿膳」欲仿無力

至於北京，早便有「仿膳飯莊」，仿的是清宮御膳。近十年來，「仿膳」菜的質素每下愈況，遊客大搖其頭。除了一道肉末燒餅及幾種小點心尚有可取，其他的菜多是慢雕細琢，不中看，也不中吃，不仿也罷。

## 紅樓菜成考證大熱門

電視劇「紅樓夢」拍竣，廠房和場地被保留以闢作名勝吸引遊客。曹雪芹筆下的大觀園飲食成了考證的大熱門。人人說「茄鯗」，莫衷一是，多半學者認為是個醃菜。曾一度是郁達夫太太王映霞女士則說上海人的「茄鯗」，不過是

茄子煮鱔魚而已。一位學者試過北京大觀園內的紅樓菜，做的「茄鯗」，竟是個熱菜，而且十分差勁。倒不如香港方太，把「羊之大者為美」去掉，簡化一下，煮其「茄魚」，免考。

紅樓夢裏提到很多好菜、好湯，值得借鏡，這點想沒有人反對。在今大觀園內賣古大觀園菜，是噱頭，是商業行為，與香港的宋城賣汴梁食品又有何分別？偏要與發揚傳統文化扯在一起，莫非言重了，目標過高了。

## 活人硬燒死菜，是否倒退？

飲食行為反映出一個時代的生活方式與文化，是充滿生命力的，挖出來的飲食烹飪史料是死的，要怎樣方能將死的資料，灌輸到活的廚師的意識中而加以回應？學者要堅持學術原則。而廚師亦可以堅持烹飪上的原則。要廚師去烹活了已死的菜式，兩者之間的溝通一定十分困難。況且，以今日中國廚師的一般教育水平，未必能人人了解史料中的訊息。要當代的人，硬燒古化的菜，是否倒退？

## 擦亮眼睛，放眼世界，振興中華飲食文化

在中國搞飲搞食的袞袞諸公，執迷不悟，抱殘守缺，在自封的「烹飪王國」內稱霸天下，沾沾自喜。可惜中國菜在世界食壇的地位，已一落千丈，在上兩屆世界烹飪大賽，中國代表在盧森堡祇獲得十七面金牌中之一面，總分列第十位，成績甚差。布拉格賽事獲獎較多，但選手們已體會到世界上外國高手廚師如雲，各有擅長，各國烹飪，亦各具特色。中國烹飪早已非唯我獨尊，若仍夜郎自大，再不向外交流，再不放眼世界，摒除成見去採納別家之長去補己之短，則日見凋零之中國烹飪，實難以振興。

外國遊客都說在中國以外的地方吃到的中國菜，要比在中國吃到的中國菜好得多。中國人回到中國去，又吃到些甚麼？心知肚明，在旅遊業日趨旺盛而飲食專業人材的訓練無法追上需求之際，當前急務是去加緊培訓更多合格的廚師，教曉他們去識物辨味，明割烹之理，打穩基本功，而不是去大搞古代菜和工藝菜。

## 請保住「食在香港」美譽

　　香港飲食界也該在此時反省。不要以為「食在廣州」的榮譽招牌有人輕輕地便送了過來，就可高枕無憂，應該切切實實地繼續把中華五千年的飲食文化發揚光大，不要再多費心思和時間去搞離譜的創新菜了。名菜雖珍貴，小菜纔是廣大市民的食製。

在香港經濟發展的同時，香港飲食界也必須認真研究如何把「食在香港」美譽繼續發揚

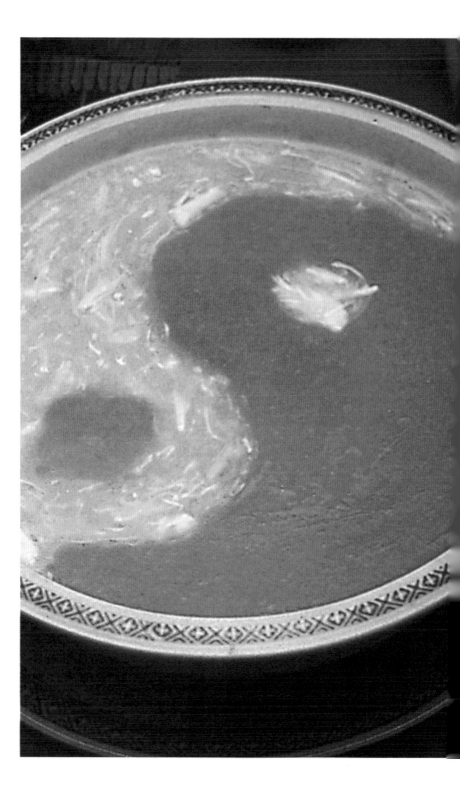

烹飪是科學與
藝術的結晶，
深入探討，當
中學問大焉！

# 太極背後

**（原文寫作於1989年8月，2002年4月修訂）**

十年來為《飲食世界》撰稿，極力避免內容重複，但有些非引用不可，關乎個人在烹調上經歷的小事故，常會嚕哩嚕囌自說自話起來。此文因見聚寶居之「太極包翅」與東鑾閣之「太極素菜羹」的廣告圖片有感而寫。

## 與「太極」結緣之始

先母患肺癌棄世。之後我便投身美國抗癌會當義工，義教中國烹飪及上門到會中式高檔酒席，每週末挨家挨戶去義煮籌款，一共做了兩年。當時菜單的義務設計人，就是四十年來被尊為香港食經鼻祖的特級校對。

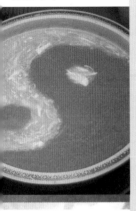

太極冬茸

前輩的主意真多，後輩唯命是從。在此期間燒過很多甚為吃力的菜式，深深鞏固我對烹調及美食的信念。

上門到會，往往是單人匹馬，一氣呵成。隨行的只有一個學生，幫忙執拾及「打荷」。押席的單尾甜品，是中式筵席最弱的一環，難有出人意表的驚喜，很不開心。問計於前輩，告以：「做個山楂奶露吧！」

小時候飲「苦茶」必有山楂餅送服，薄薄的小圓餅，紅得可愛，酸酸甜甜，把苦味全送下去。想不到數十年後，市上的山楂餅不獨褪了色，連特有的酸味淡然不存，顯見不能用。前輩乃吩咐做個任何雙色的太極露代替，做法則免問。

一本很舊的廣東食譜有提及：「只要用兩隻湯殼，各盛滿不同顏色的奶露，對撞便是。」

就是這麼簡單。

做的時候，我不用湯勺，改用有柄小鍋。所謂「對撞」者，即是説一手持一鍋奶露，在上方從左至右，而另一手持其餘一鍋奶露，在下方從右至左（或上、下都反過來），在同一時間，以同一速度，把奶露倒入湯盅內，便會形成一個反S形的兩色圖案。雖然不甚規則，但一點不影響圖案的曲線美。

單尾接近鳴金收兵，尚有小點要上，對撞的時候便神經兮兮的，緊張萬分，覺得十分需要一個間恰，於是找了一塊烤曲奇餅用的鋁箔盤子，剪一五寸闊長條，夾在兩個大小相同的油樽中間，依樽形一捏，便是兩個相近的開口圓形，一上一下，妙極。但弊在鋁箔祗能用一次，每次要捏一個新的，仍不算是上策。

自製太極間格

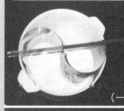

（一）

（二）

如果在香港，去上海街打鐵舖定做一個算了。後來外子用兩個啤酒鐵罐，剪去罐頂及底，又去了夾口的厚邊，用釘書機把兩個邊沿釘穩（如圖一）便是一個反S形的間格。把它架竪在湯盅中間，用塑料尺插住格頂去固定大小以符合不同直徑的湯盅（圖二）真是無往而不利。

如此這般，用以間格過很多道兩種顏色不同的菜式，鹹的如鴛鴦蝦仁（葉綠素染色及原色蝦仁），有鳳來儀（生炒及乾煸鳳尾菇），兩色肉（去了血及老抽加色的溜肉片），芙蓉青豆羹（鮮青豆茸及雞茸的兩色羹），雞茸粟米（黃白相拼的鮮玉米羹），還有最合西方口味的南瓜忌廉湯等。甜的如太極杏露（原色及加了紅色杏仁力嬌的杏仁奶露），黑白芝麻糊（用兩色芝麻製糊），雙色蜜瓜西米露（蜜瓜及皺皮瓜西米露），都是輕而易舉，賞心悅目。

這個小玩意，不外是傳統方法加上一點靈機和廢物，不曾想到要和數學扯上甚麼關係。相信「太極包翅」是先築好一條魚翅的反S堤，把分界確定了，從兩邊倒入不同顏色的芡汁。而「兩色素菜羹」看來比較生硬，肯定是用間格分出來的。

# 奇文共賞

近半年深居養病，閒來重讀手邊的中西烹調書籍及雜誌，順便把資料整理一下，竟讀到很多以前認為不值一讀的奇文。

奇文應該共賞。見1984年《中國烹飪》八月刊，王厚福先生的「數學在翡翠羹中的運用」一文，及刊於同期，由北京常靜製作的翡翠羹，很有感觸。

從常靜的的翡翠羹圖片，可以看到綠白兩色並非對稱，綠多白少，而兩色的接口參差不齊，想成菜時未有利用間格，但仍然獲得全國烹飪名師技術表演鑒定會的獎項。可見翡翠羹的太極圖案，是按着陰陽相配的概念，「隨手」做成，是否「正規」，無損是菜的色、香、味，甚或形。為甚麼王先生偏要用一個幾何作圖法，加諸於可以隨意發揮的造型設計上去小題大做？

是框框扼殺了自由意志？

筆者常常針對「工藝菜」，認為是最不衛生，最浪費，最沒有看頭亦吞不下肚的無聊之作。再多說了，實有瀆讀者清神。可是更有甚者，竟然有人提倡把七巧板拼法，運用到冷盤去，使已經無大藝術性的「工藝菜」更加「工匠化」，悲夫！

烹飪工匠化已然可悲，烹飪框框化更是可痛！

又有奇文說，若要了解及掌握中國菜餚的製作方法，唯一的捷徑(不說是途徑)就是用馬克思哲學方法，即唯物辯證法去探索烹調規律(註一)。而烹飪學有整套的過程，蘊含了哲理，滲透着辯證法，每一隻菜餚，昰色、香、味、形、感、器、營(養)、衛(生)等的辯證組合，都大有哲學文章可做(註二)。

當然大有哲學文章可做。反正中國大部分(指八零年代初)的作家都是受薪的，祇問生產不問市場，有否讀者是另一回事。要大做文章，不惜把素以靈活見稱的中國烹飪硬嵌進馬列主義的框框　。

反之，西方處理烹調理論的手法是深入淺出，用最簡

數学在"翡翠羹"中的运用

王厚福

單易明的日常語言，解釋很多物理及化學的現象。祇要一明基本原理，其他的就可以融會貫通，使理論與實踐相輔而行，把烹調的技術推到更高的層次上。可惜今日資深的中國廚子，日日理所當然地不斷操作，又囿於教育水平偏低，無法亦無力在廚房內實踐唯物辯證法「一以貫之」的精深理論。「廚子」與「哲學家」這一對矛盾，如何去統一，真是要請教高明，以開茅塞。

　　註一《中國烹飪》1985第四期第十三頁，何榮顯「要探索中國烹調規律」。

　　註二《中國烹飪》1984第七期第七頁，公孫無恙「烹飪學中有哲學」。

# 獅子山外看獅子頭

（原文寫作於1989年9月，2002年4月修訂）

近半年常到中大醫學院內科系看大夫，往往被接待到會議室等候教授。室內雜誌琳瑯滿架，讀來卻一竅不通。就算題目關乎一般的病症，但專業人士的學術文章，祇有行內人看得懂。

每一種專業都有其專門理論和術語，不必與其他專業求共識，在科學的範疇內，尤其如是。而大眾讀物，專家必須由牛角尖鑽出來，從深入的研究後，用一般的語言文字，化繁為簡寫出，使人人能讀，讀而能懂。是故在國民教育水平高、資訊發達的先進國家，新科技的知識，通過了大眾傳播的媒介，把專門學問簡化成常識而普及。

## 烹飪是科學與藝術結晶

烹飪是否科學，很難界定。世上廚子可說沒有一個是真正的科學家，但都是化石點金的方士，不斷的利用熱力、化學反應及力學的原理去操作，而廚房就是個實驗室，廚子在舞刀弄鏟，一兜一炒之際，瞬息萬變，化腐朽為神奇。但若想找到一個能知其所以然的廚子，那就岌岌乎其難了。

烹調的原理，可說是一門科學。烹調過程的處理，在乎個別廚子的手法，是藝術。食譜不過制定了作料的配搭和分量、割切的大小、加熱的強弱及久暫與成菜後的安

排。同一個食譜，由不同人使用，常有偏差，差在下廚人的烹調經驗、投入的程度與了解的深淺。尤其口味因人而異，一道菜的調味基準，最具彈性，祇可以隨意而難以由食譜規定。廚房內那些千變萬化的現象，其實大部分都可以用科學原理去解釋，問題在於是否必要而已。

## 烹調科學要鑽出牛角尖

今日很多馳譽國際的名廚，都受過良好教育，向他們講烹調科學，是融實踐與理論於一爐，有如錦上添花。以目前中、港、台各地，罕見知識份子投身入廚房。中國大陸不乏資深技高的廚師，但文化水平有限，要將科學知識向他們灌輸，則要視乎廚師的質素，不是個個都能吸收。其實很多基本的烹調科學，廚師時時刻刻都在實踐中，祇是說不出而已。要「抓」廚房科學理論，必先循序漸進，由淺入深。若學者以既專且深，術語連篇的研究文章，去分析某道菜的做法，結果除了學者自己，很難引起共鳴。

獅子頭

最近重讀毛羽揚先生兩篇有關揚州獅子頭製作中的化學機理探討及鮮嫩形成因素的文章(註一)，想在此討論一下。

揚州獅子頭，名菜也，無他，大豬肉丸而已。做法簡單而竅門特多，是以古方、正方、家傳秘方，比比皆是。要怎樣纔做到鮮、嫩、香、滑，食譜上有說明。

用的豬肉要肥多瘦少，肥肉佔七成，瘦肉佔三成。肥、瘦肉要分開剁，肥的切石榴子粒，瘦的剁幼，盛在大碗中，加進同分量的薑葱汁水、鹽、紹酒，同攪至上勁然後下生粉拌好。繼下肥肉，攪勻成泥，捏成球形，用手沾上生粉水抹在肉球表面便可用。煮獅子頭要用砂鍋。先炒好青菜墊底，下上湯燒滾，置肉球在菜面，再鋪一層青菜在肉球上，加蓋以小火燜好。

## 烹調理論宜淺入淺出

個人怕肥肉，揚州獅子頭屬淺嘗應止的菜式，殊非看家本領。作為一個烹飪教師，若要向學生解說如何方把獅子頭做好，我大概會如是說：肥瘦肉之所以要分開剁，因為肥肉全是脂肪，沒有纖維，容易剁好。瘦肉纖維長，要

多剁幾下。又瘦肉吸水力強，加進薑蔥水後質地變得較軟，拌入了鹽不衹調好味，鹽還能使瘦肉內的蛋白質互相黏着經攪拌而上勁。此時拌入的肥肉粒，分量多得可以將瘦肉團團裹住形成多個肥包瘦的小個體，集合成球後便是獅子頭生胚。攪拌時加入的生粉與成形後沾上的生粉水，經加熱後由粒狀的澱粉變成糊，封住了肉汁不致溢出到湯裏去，而肉質能保持嫩口而不失原味。用砂鍋是取其傳熱力慢，用小火燜亦是同一道理。若用大火，脂肪化成油，跑進湯汁去，保不住瘦肉，獅子頭便會煮乾了。青菜墊底及蓋面不使獅子頭直接受熱而更嫩滑。這樣做的獅子頭特別甘香，因為肥肉的比例大。肉類之有香味全賴脂肪，若光用精肉，製成的獅子頭咬口韌，香味亦遜。

　　相信學生都能明白，如此淺入淺出比淺入深出更能達意。

## 學術氣味太重艱澀難明

　　毛羽揚先生的第一篇研究文章，分兩方面去探討：一是肉類的選擇與及製作時的物理因素及化學作用；二是烹製時的化學反應。作者就瘦肉的纖維組織作一具體的分析，涉及瘦肉纖維組織內主要蛋白的分類及經攪拌後的影響，用上了很多常見於食品生物化學教科書上的專門名詞。至於第二方面，關於烹製過程所產生的一連串化學反應，作者還有意突出學術氣味，連化學反應的方程式也列出來。若不是專攻生物化學的，難以看得懂(當然我也看不懂)。

八十年代的《中國烹飪》

　　八個月之後，毛先生對他的第一篇文章作了修正並加以補充，一開頭便加插了叫人不要選用剛屠宰的豬肉，並解釋了豬肉死後ATP、IMP(註二)的變化及代謝。筆者認為此段乃任何肉類經屠宰後都會經過變化、代謝、以至硬化的程序，是食品生物化學教材開宗明義第一章，並非獅子頭特有，而且生豬從屠宰後到零售肉檔上，中間起碼相隔數小時，何愁豬肉不經成熟期便使用？

　　一般來說，第二篇比較易讀，但仍然脫不了頻頻採用專門名詞之弊。在學術研究上，無可厚非，但研究的是大眾風味揚州獅子頭，應該換一個較平易、能為人採納的手

法。筆者直覺毛先生似是先看看製作獅子頭的傳統竅門，再去查考食品生物化學的理論，有甚麼用得着的，便排山倒海般傾出來。可惜看懂的不一定對獅子頭有興趣，要做獅子頭的不一定看懂，如此削足適履，是否研究烹飪科學之道？

## 烹調科學的兩本好書

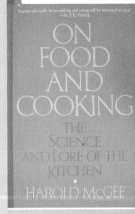

說到烹調科學，想提一下美國出版的兩本好書。一是Collier Books公司出版的On Food and Cooking（論食物與烹調）。作者Harold McGee，今年三十六歲，並無科學訓練，持有耶魯大學的大學博士學位。為要回答在寫生物化學博士論文的太太提出一個為甚麼四季豆煮久了會變棕色的問題，引起對烹調科學的濃厚興趣。經過多年的研究，結果在一九八四年出版是書。一時好評如潮，美國多位名烹飪家都推薦之為大眾必讀的書本。一九八八年發行平裝本，被《廚子》雜誌（Cook's Magazine）列為十大暢銷廚書之一。全書近七百頁，揭開了很多廚房內的奧秘，用的是日常語言，文筆精鍊，人人能讀。遇非引用專門術語或理論不可時，作者先作淺白解釋，然後加插圖解甚或另設附錄去闡明，既普及而又專門，淺入深入俱隨人意。

另外一本是由Houghton Miffin Co.出版的《廚房科學》（Kitchen Science）。作者Howard Hellman為很多「為甚麼？」的問題作了淺白的解答，屬烹調科學入門書籍，可讀性甚高。

註一：《中國烹飪》一九八六年四月，毛羽揚作「揚州獅子頭鮮嫩的形成因素」。

註二：毛先生解為屠宰後的豬肉，加入含有一定量的呈味物質及形成肉味的前驅物質，這些物質是由於經過一系列複雜的生物化學變化和物理變化，逐漸形成。因為在宰殺後的豬肉，體肉含有大量的三磷酸腺甙（ATP），它在三磷酸腺甙、肌激素、腺甙酸、脫氨酶的作用下，生成了一種重要的肉香和肉鮮成份肌甙酸（IMP）。

# 經譜之議

（原文寫作於1989年11月，2002年4月修訂）

中學時代一提到「經」字，即會想到四書五經、佛經、聖經、可蘭經、老子道德經、四庫全書裏面經、史、子、集的「經」、十三經、山海經，儒學，經學的經⋯⋯。

「經」是記載一事或一藝的專書。

約莫半世紀前，嚴肅的「經」忽然變了質，從專向廣，凡是高談闊論，暢所欲言，天南地北無所不談某事或某物的文章都屬「經」。講飲食的有食經、酒經、茶經；講賽馬的有馬經；講球賽的有波經；連金賽博士的大作也被稱為「性經」。「經」何其多也。

## 陸羽茶經

唐代的陸羽，蒐集了唐朝以前有關茶的資料，加上畢生研究茶的心得，將茶的起源、功效、分佈地域、栽製技術、品嘗方法、烹茶器皿、各地飲茶風俗，寫成一本茶葉的專書叫《茶經》。

## 隨園食單

清康熙年間，著名文學家袁枚，也是一位富饒烹調經驗，別具灼見的美食家，著有《隨園食單》一書，包括了須知二十單、戒條十四單、八大類作料的食單及小菜單、點心單、飯粥單和茶酒單共三百餘單。須知單說明烹調的基

隨園食單

本原理。戒單指出如何戒除飲食中之弊端。食單部份精簡
地列舉菜餚的做法及作料的處理。雖在三百多年前，此書
已粗具今日「食譜」的規模。袁枚不稱之為「譜」亦不稱之為
「經」而以「食單」稱之，想書內是以「單」為本，逐單討論之
故。

## 西方文字，食譜菜譜有分別

說到「食譜」，今人都與「菜譜」混為一談。歐西文字分
得比較清楚，「食譜」(Cookbook) 是按照烹調原理及飲食系
統編撰或寫成的書冊。而「菜譜」(Recipes) 只是「食譜」中的
一個環節而已。一本食譜，不能沒有菜譜，但菜譜可以離
食譜而獨立。很多外國出版商偶爾會印行單張菜譜，一面
是圖，一面是譜，並不作詳細的分析或介紹。

英文裏面亦沒有一個相等於「食經」的單獨名詞。凡與
食有關的文章，不論其為食譜、菜譜、食介、食論、食
評、食史、食事或食物，統稱飲食文章 (writings on food)，
而執筆為文者通稱為飲食撰稿人 (food writers)。

## 香港新潮食經

香港有食經，始於五十年代初期，演變至今，已大異
其趣。社會步伐快，市民的閒暇日少，閱讀亦求其快速。
長篇大論，尋根溯源，細說菜餚，辨其優劣而加以推介或
批評的食經，日見式微。今日報紙的副刊已成群雄分割的
局面，各據一方，地盤之大小，直接決定了食經的字數，
間接亦影響到食經之內容。

大眾讀物有了彩圖的輔助，在有限的方塊內，菜餚的
彩圖佔了面積的大部份，文字便無地容身。屢見食家介紹
菜式，說了菜名，有何作料，加兩句「賣相不俗」，「食味
理想」便是食經了。在急功近利的港式商業社會，一目了
然的彩圖已成了食經的骨幹。但讀者仍然照經全收，此乃
風氣所使然。也曾看過一個電視節目，見新紮食家帶領一
位女「食經作家」到菜館作「鼎湖上素」專訪，節目終結的對
白似如是說：「（有了這些資料）如今可以回家寫食經了！」
這雖是娛樂節目，但也說出了在今日資訊發達的社會，食
經的撰寫不過是資訊的搜集與傳遞，客觀得很，固不需本

烹調之道，辨食物之味，別其優劣及道其所以然也。

就算菜譜亦日趨彩圖取向，一菜一圖，譜是否「有譜」，抑或「離譜」已無關宏旨。哀哉！

## 西方菜譜準確為尚

在西方，大眾傳媒登載或刊印成書的飲食讀物，如涉及菜譜，在未發表前例必經專業人士測試以證其是否準確。若稍有差池而不察，讀者可理直氣壯，群起而攻之。若一人發表之食譜，為他人剽竊刊登，更可繩之於法。至於菜譜以外的飲食小品、雜文、散文、食評等則無須過此一關。是故寫菜譜者俱屬專業，而撰寫飲食文章，文人、食家俱可為之。

### 美國食譜大師茱莉亞蔡特

很多人窮畢生之力，不厭其煩，下廚反覆試菜而成譜，公諸於世。享譽美國二十餘年之食譜作家茱莉亞蔡特 (Julia Child)，為當今推廣美食及法式烹調之大功臣，先後著有食譜多冊，並在美國教育電視台示範有年。十年前出版之兩輯宴客食譜，融合了法國烹調與美式款客之道，對於作料的選擇及處理，烹調步驟的安排，餐單的計劃，上菜時的儀節與餐酒的配搭，都有詳盡的解說，圖文並茂。菜譜部份素以清楚準確見稱，是譜中有經，經中有譜，一絲不苟之作。

茱莉亞蔡特女士早年畢業於史密夫女子學院，二次大戰時到過亞洲，嫁夫保羅蔡特，為美國外交使節，駐法國多年。茱莉亞因而熟諳法國風土人情，飲食習俗，復在世界馳名之藍帶烹飪學校 (Gordon Bleu School) 隨名師研習法國烹飪，可稱專業烹飪寫作大家。

### 美食詩人菲莎女士

另外一位菲莎女士 (M.F.K. Fisher)，為現今美國文壇一流作家，留學並居住法國多時，且曾在瑞士經營釀酒葡萄園，一生從事寫作，著過小說、詩、劇本及好幾本非常出色的飲食文集，風格清灑脫俗。筆下的餐室、旅館、市集、風物、景色，都洋溢着食物的香味，人情的溫暖，與

茱莉亞蔡特

大自然景色的秀麗。菲莎女士擅長烹調，喜客隨和樂天的品性不時流露在她如詩的散文裏。她曾精心翻譯了法國古典食經《味道的生理學》(The Physiology of Taste, by Brillat-Savarin, 1825)，行銷英美凡四十餘年。年前美國Vintage公司結集她歷年著作的飲食文集六種，合成一巨冊再版，以《食的藝術》(The Art of Eating) 為名。最近北角印刷公司 (North Point Press) 將菲莎女士先後出版的五本飲食文集，逐一再印行，每本封面都有菲莎女士當年的玉照，艷光四射。

近十數年來菲莎女士隱居加省北部之宋瑙瑪谷 (Sonoma Valley) 頤養天年。因不良於行，甚少在公眾場所露面。附近鄰居咸敬其為人，每有餽贈亦只限於在門前放置鮮果疏菜，免擾其寧靜生活。女士雖年逾八十，仍然親自下廚，有客到訪亦殷然接待，殊不失其典雅風範。

上述兩位立下了萬兒的人物，一長於譜，一善於經，在美國當今食壇，恐無人能出其右。兩人俱是女性，都曾體驗力行，精研飲食，主持中饋，相夫教子，正牌「特級師奶」也。

香港盛產女強人，叱咤風雲於政治、財經、文教、傳播、飲食各界，無人敢以「師奶」輩視之。而默默耕耘，從事烹飪教育，編寫菜譜的女性，則每被貶稱為「師奶」。蓋「師奶」斤斤計較古月粉少許，麻油數滴，瑣碎小器，不能成食經之偉業故也。屢屢為文加以撻伐者，首推特級校對陳夢因老先生，而大言炎炎之談錫永 (王亭之) 先生亦不甘牛後焉。

## 《粵菜溯源錄》食經之表表者

特校老先生，高據香港飲食文壇數十載，寫過「食經」共十輯。七五年著有《講食集》，八五年著《鼎鼐雜碎》。今年出版之《粵菜溯源錄》，匯我粵食史及食經於一爐，上追秦漢之開拓南荒，下及現代雜碎之揚威海外，論盡粵菜之真髓，數遍諸子 (廚子) 百家 (官宦富家)。「食在廣州」時代之四大酒家，十大茶室，盡收其筆下。更將粵菜分成廣州、順德、潮州、東江四派系，詳加闡析及討論，經緯縱橫，確為輝煌一時之廣州美食寫下里程碑。若非具特校之

輩份見聞，治廚經驗，尖銳味覺，流暢文字，實難有此佳作。

　　特校前輩，實為小煮婦口授老師，十五年來既教且勸，以致今日能獨困廚房之內，舞刀弄鏟，不求聞達而自得其樂，皆拜前輩之賜。近年師徒間因經譜之見而相左，受責多矣，大有卿本羊城食海遺珠，奈何淪落為「師奶」之慨！竊思在此寫稿十年，初則誠惶誠恐，膽小如鼠，繼則呢喃細語，自煮自食自話，如今幾與花花食界抽離，已瀕於癡人說夢，萬劫不復之地。明知師尊一定「痛心疾首」，人各有志，豈能相強哉！？

　　後記(一)：稿成後讀到香港出版之英文飲食雜誌《美食家》(Epicure) 第五期，有以「美食詩人」(The Poet Epicure) 為題一文，寫出了 M.F.K. Fisher 一生。筆者只因深愛其文字，飽受感染而作簡介，如讀者有興趣，可細讀該文。菲莎女士著作，英文書店應有出售。

　　後記(二)：文中兩位女飲食家已先後去世，美國人無不惋惜，但兩人遺作足堪傳世也。（二〇〇五年初）

# 從灌湯餃到洗茶

(原文寫作於1990年4月，2002年4月修訂)

數星期前，中大歷史系的李弘祺博士有電話來，說芝加哥大學的名歷史學家樂克教授來了香港講學，他太太愛瑪Alma Lach也同行。她來港的目的是為芝加哥一家雜誌撰寫有關香港點心及酒店的中菜餐室的文章。又說愛瑪女士有些點心製作上的問題，酒家的人沒法給她滿意的答案，想找個人談一下。李博士問我們有否興趣和他們會面並吃頓飯。

人情上實難推卻，何況愛瑪女士是美國六十年代著名的飲食作家，精研法國大菜，著有法國食譜多本，比茉莉亞查特早成名好幾年。愛瑪女士醉心中國菜，曾到台灣隨傅培梅學藝，近年專寫食評及飲食報導。能與一位如此資深的飲食前輩會面，豈容錯過。樂克教授伉儷早在喜來登酒店訂了一個小會客室。幾個人坐下來，面對香港璀燦晚景，話匣子一打開，收也收不住。他們留港近兩星期，天天吃點心，將接近尾聲了。愛瑪女士來自芝加哥，那裏的點心水準平平，當然及不上香港，有一兩款她特別感興趣。

灌湯餃

## 餃外有湯的灌湯餃

問題是：她在尖東一家名酒店試了灌湯餃，她說餃內有湯，餃外又有湯，湯餃在湯中，裏面的湯與外面的湯顯然不同，何以不同？湯怎能灌到餃內？餃皮又是怎樣做的？

我的美國醫生來香港開會時，我也是帶他到這家名店，侍者也大力介紹這款每位盅上的灌湯餃。醫生夫婦咄咄稱奇，同聲讚嘆不已。外國賓客既然說好，做主人的也就不便說掃興的話了。愛瑪女士是抱研究之心而來，而且還有這麼多的問題，我覺得應該和她詳細一談。

## 不止做，連食灌湯餃也要有技巧

我告訴她我小時候吃的灌湯餃是每籠上的。食時要小心用雙手執住餃的摺邊，快捷了當把餃從籠內提起，放進小碗內，加些薑絲、浙醋，一口把餃內的湯啜了，然後纔慢慢欣賞餡子，裏面有很多魚翅和蟹肉，餃皮薄而爽。就算二十年前，灌湯餃仍是籠上，不過已有一塊鋼片墊住籠底，鋼片上有個鉤，只要提着鉤，便很容易把有湯的餃放進碗去。加了湯用盅上的灌湯餃是近年的新派作風，在我來看，是不倫不類。因為餃內有湯，餃皮一定要夠大纔能把湯包穩，又要夠韌纔可以抵得住搬動而不皮破湯流。皮也要薄，否則咬得滿口是麵頭，難嘗餡中真味。

## 湯怎樣灌進餃去？

湯怎樣灌進去？以前是把豬皮熬成皮凍，與上湯同煮，冷卻了便凝固，切成小粒與別的餡料拌和，就可以用一大塊薄而韌的圓形餃皮包成餃子，一加高熱湯便溶化在餃內。包餃要夠技巧，不是每個點心師傅都會做。皮不能破，否則湯全流出來。餃的摺要疏，太密了餃邊過厚。未成熟的灌湯餃個子頗大，加熱後如果脹鼓鼓的含着一包湯的，那纔算合格。用小盅而不用籠盛住，那是個保險而不致出醜的好辦法。但盅內加多另一種湯，吃的時候有膠質的湯和清湯混在一起，目在何在？除綽頭而外，既可省人工，又可抬高價錢，非「遊客陷阱」而何！

我又說，古法用豬皮凍凝湯，現時為方便，改用大菜。愛瑪女士問，用魚膠粉代替又如何？我說這也可行，不過用魚膠粉凝固的湯，質地韌而不堅挺，切時往往黏在刀上，不若大菜爽脆好切，湯粒可以切得很小，很整齊，包起來也易些。

至於餃皮，一定要用高筋麵粉加雞蛋，又要加點硼砂

(現時已沒有人用硼砂了)進去皮纔會爽。這種麵團,韌度甚高,要用一枝特製的鋼管去壓薄。我還記得七四年我從美國專程回港(到金冠酒樓)學做點心,那時的餃皮已是由外面交來。每張餃皮之間撲滿了粟粉以防萬一黏住,皮破了便不能用。點心間有一位師傅專攻摺灌湯餃,做學徒的,眼看好了,動手則休想。

## 「炸牛奶」只有牛奶嗎?

愛瑪女士似乎很滿意。又問「炸牛奶」是否只有牛奶在裏面,因為侍者對她如此解釋,而她認為絕對無此可能。

這不由不得令人搖首嘆息。經過大酒店訓練出來的侍者尚且對本店的出品一無所知,一般酒家川流不息的侍應群,質素如何,更不用提」。態度稍佳已甚難能可貴,賓客有問,是否多餘?

炸牛奶

炸牛奶有兩種。鹹的用作熱葷的伴碟,甜的是點心之一,正是愛瑪女士要知道的那種。

「炸牛奶」其實應該稱「炸牛奶軟糕」(Deep-fried Custard)。若一如侍者所言只有牛奶,就算結成冰也不能下鑊,液體與高溫的油接觸,後果不堪設想。牛奶要先與粟粉、糖煮成糊,拌些打企蛋白進去,在冰箱內冷卻後切塊,裹脆漿,用大火去炸。她問是否用日式天婦羅麵糊,我說中式的脆漿,是用麵粉、油、水及泡打粉和勻而成。她又問炸牛奶內的是甚麼香味(flavour),我說有人用椰汁,有人乾脆用雲厘拿布甸粉代替一半的粟粉。她認定吃到的是椰子味。

其實我不過一介煮飯發燒友,沉醉大夢不願醒。一直不曾估量自己歷年累積了多少常識(不敢說是學問),竟然還可以當面應試。現在想來,不禁捏一大把汗。

## 你洗不洗茶?

男士們在談話考古,談中國飲食源流。忽然話題轉到名中國史學家何炳棣教授身上。不提何炳棣猶自可,一提了,愛瑪女士立刻問:「你洗不洗茶?」(Do you wash your tea?)我反問弘祺兄,他是福建人,也認懶得去洗茶。

愛瑪女士很健談，七十之年已過，依然談笑風生。她的故事來了。

　　她學了煮中菜，花了三天時間去準備了一席酒菜，招待何炳棣和另外幾位中國教授。席終問何教授的意見，他只說了一句：「你沒有洗茶。」(You did not wash your tea.) 她說來仍覺憤憤不平，再三問我洗不洗茶。我抱歉地說我不是茶客，不講究茶道。家常飲的茶，當然不先沖水入茶葉去洗一次，就算宴客也不洗茶。但廣東的潮州人及福建人，吃功夫茶是個歷史悠久的傳統，有很多烹茶的儀節。把沖第一過的茶倒去不用是一定的步驟；一來把茶葉洗一洗，二來第一過的茶味道不好，茶葉稍在開水內泡了一會倒出，使第二過的茶泡得更出味。至於花茶及紅茶，則甚少人洗茶了。

　　愛瑪女士認為這句「你沒有洗茶」顯見不領情而且苛刻。我不在場，對此絕不敢置評，但心裏卻想：

　　一、那席酒菜或是無懈可擊，找個藉口在豆腐裏揀骨頭；

　　二、酒菜半中不西，乏善可陳，不欲傷主人家雅興，乃顧左右而言之；要不便是：

　　三、向愛瑪女士開個大玩笑。

　　以何炳棣教授的人品學養，我猜還是開玩笑的成份居多。我是燒飯的人，十分了解愛瑪女士的心情，難怪她至今仍耿耿於懷。這使我想起十六、七年前，美國農業部仍在禁止生麵加鹼，港式雲吞麵的生麵，全由溫哥華的漢記獨家供給屋崙市的安安麵店，市上並無發售。漢記的甥女是我女兒的同學，得她連絡，為我定了一箱（起碼數量五十磅），從溫哥華空運三藩市。我足足花了四個鐘頭開車去領取，還要四處分派。為了分甘同味，老早把一畦韭菜割光，用罐子燜好韭黃，恭而敬之請食家特級校對來試試正宗港式雲吞麵。

## 你煉油時忘記下粒蒜頭！

　　評語是：「雲吞做對了，夠爽。湯也做對了，碗底的

豬油和韭黃都有了，只是你煉豬油時忘記下一粒蒜頭。」我女兒年少氣盛了些，聽了成個「跳」起，實行罷洗 (清洗碗碟及廚房也)，立刻回房。外子呢？簡直佩服得五體投地。而我，彈者照彈，煮者照煮。算了吧，前輩畢竟是前輩，下次煉油時記得加粒蒜頭就是了。

愛瑪女士的一肚子悶氣，總可以消了吧！

# 學師記

（原文刊登於1992年7月，2002年3月修訂）

　　最近看到一個有關肺癌的電視節目，感觸良多。細數投身「燒飯」這回傻事，足有二十年，追憶過往，與亡母患癌那一段日子，真有不堪再記之慨！

## 與母親的最後相聚

　　母親一生坎坷，扶育哥哥和我成人，心懷長日鬱抑，借煙消愁，雖然晚年戒掉，但大錯早已鑄成，在七十歲那年患上肺癌，醫生認為母親最多還有半年可活。我那時從紐約遷去加州不久，本擬再回紐約大學繼續修讀未完的博士學位，但因母親來日無多，哥哥又有四個孩子要照顧，於是把她從洛杉磯接來金山灣區，送她進史丹福醫院就醫，丟下了學業。

　　史丹福大學當時有最先進的直線加速器，是研究輻射科學的大本營，因此大學醫院的輻射醫療設備是全美國最完善的。母親的肺癌已近末期，不能施手術，只能接受輻射性治療。兩個多月後，情況開始穩定，但強力的輻射，連母親的味覺也摧毀了，胃口全失，但心裏仍一直想着好吃的。

　　在外國，燒飯是生活的一部分，日常三餐多要親自在家廚烹製，不似香港隨處有中餐可食。在此之前，我燒飯是為了需要，從未考究過烹調之道。為了哄母親多進食，

好等增強抵抗力，我常常探她口氣，找出她想吃些甚麼，便出盡辦法去弄給她吃，就算她只吃一口，總也算有一口食物下肚。那時我甚麼事都不做，全心全意看顧母親，因為母女倆只有這短短的日子可以相聚，每一分秒都是十分寶貴的。

我開始認真學燒中菜；老師是陳榮著的「入廚三十年」。這本食譜雖然資料豐富，但文筆粗略，非得仔細推敲不可，不過，當時食譜並不普遍，有一書總勝無書。大概我身上長滿飲食細胞，自小隨着祖父食刁了嘴，有自己的一套標準，很快便上手。而母親的胃口漸見進步，我對燒飯更加起勁了。

母親一共支持了一年半。這段時間，我可算是潛心悟道，慢慢對烹調產生濃厚的興趣。唯一的憾事就是沒有辦法給母親弄一隻合她心意的蝦餃。外子遠程開車去三藩市，買了蝦餃，回家已是冷了，翻蒸後更不惬她意。找陳榮的食譜來參禪般左度右量，辦餡和涼粉都沒有問題了，就是拍皮和摺餃無從下手，書上只說「筆墨難以描寫，非實地試驗不可」。此事一直介懷多年。

蝦餃

母親病中，我長日在醫院與癌症病人接觸，一方面深感癌症的可怕，另一方面對那些不辭勞苦的義工，心中存有莫大的尊敬。及母親棄世，我加入了美國抗癌會當義工，幫助募捐事宜。很多美國太太都組有不同計劃的募捐小組，但很失望，義工中竟沒有中國人，我只好自成一組了。自七三至七五年，我為抗癌會義教中國烹飪，學生來我家學菜，交學費去抗癌會，我也義務上門到會中國筵席。之後正式在聖荷西加省大學營養系教「中國飲膳計劃」一課，於是又迫得自修營養學，以應學生堂上的發問。

我本來主修商業管理，副修會計及數理經濟，研究的課題是發展中國家的經濟。這麼的一煮數年，已無法追上時代，也再無意重回校園了。我未能好好地做個讀書人，卻拿起了鑊鏟，實是始料不及。後來，我又到另外一家兩年制學院的家政系教了好幾年中菜，做了名副其實的「燒飯老師」。

## 從美回港尋師

為償學做蝦餃的夙願，七四年我特地從美回港尋師。我姑姐是個護士，每天都替一位在飲食行業很有資格的黃堪師傅注射胰島素。為了答謝我姑姐長期的幫忙，黃師傅安排我到他服務的金冠酒家，冒充女工，混在點心房內正式拜師學藝。聽說當時的東主，絕對禁止師傅私下收徒，以免妨礙工作。

那時香港的治安很差，一介女流摸黑出門，實在危險，因此我住在蘭宮酒店，一走過對面便是金冠側門了。我每天六時起床，黑褲白衫，腳踏丹麥健康木屐，手拿一條圍裙，一個筆記簿，早餐也不及食，急急便上工去。

一個暑期很快便過去，學到的並不多。每天接觸的，都是分量龐大的作料，對於一般家庭主婦，用處不大。至於某一種點心製作的原理，也沒有人解釋。但這樣去學師，好在可以親自下手，尤其對於每種皮料的「手感」，有直接的體驗。

記得每天的學師生活，十分刻板。晨早六時便開始「執包」，完全是練習性質。這時包種經過一晚的發酵，已是可用，有師傅專司對鹼之責，但下多下少，只能看，就算問了也不得要領。麵糰對了鹼後便要下臭粉，下多少也是莫名其妙。不過，「執」了一個星期的叉燒包後，做得多了，自然分得出用麵種發麵及午間用化學膨鬆劑發麵，兩種麵糰的不同「手感」。這對後來製包子有很大的幫助。至於怎樣去測試下鹼是否對了，這點師傅倒解釋得很清楚。

執包完了，早茶也開市，我繞回蘭宮吃早餐。之後便輪流學習不同種類的點心手作。最易是包燒賣，一學即會。最難是摺蝦餃，從學師第一天到返美前一天，甚至到現在，我的蝦餃仍不像樣，似隻小鍋貼。中午茶市最旺，炸的點心在此時出爐，芋角、春卷、鹹水角、酥角，林林總總，數之不盡，總之，要學便一檔一檔的去，等如銀行實習生一樣，學會為止。

那個時候，很多皮子已是由批發的交來，甚至粉果皮也不是自製。灌湯餃皮雖然是行貨，師傅卻是慎重其事，只能眼看，不能動手，故此自始至終我都不曾做過。那時

四瓣酥

的灌湯餃不像現在浸在湯裏而是裝在蒸籠內，放在一片有提勾的有孔鋼墊片上，萬一弄破了皮，灌湯餃的湯漏出來也就完蛋了。

午市過後，大部分的工人都回家，留下一位年輕的黃師傅主理晚間的席上點心，這正是學習的機會；通常席上點心是較精細的。那是大滿漢、小滿漢的全盛時期，而黃堪師傅做的看果在行內是首屈一指的。我最喜歡留下來看他工作，有時又會幫他做些三星餃，十分有趣。如今黃師傅已物故多年，金冠酒家亦已結業，指導過我的麥師傅、張師傅和那位年輕的黃師傅不知花落誰家。我這個黑市學徒，經過了十八年纔舊事重提，而香港的點心業不知改變了多少！

點心師傅的專業經驗，很難表以文字。我其實不自量力，稍懂皮毛便去寫書，為的心中只存一個信念，就是任何事物都有一定的道理，都是可以解釋的。點心與菜餚不同之處，在於賣相。一道菜，只要色、香、味全，便可算合格，形不是那麼重要。但不同的點心，有不同的外形，雖然作料和做法對了，若換了樣子，就是不對。在一般的下廚人而言，要樣樣都做對，不是那麼容易，只好盡力而為。

上面所談，只是學師的前因和經過。總之，一個家庭下廚人的非職業性經驗，自難與行內人相比，但我深信自學者也不必畏難，我若做得到，他人如有志學習，也一樣做得到。

常常有學生問我，最喜歡做的是甚麼點心？我的答案是四瓣酥和小果撻。這兩種都是中西合璧的點心；四瓣酥可鹹可甜，小果撻可依季節更換不同的水果，甚至可用果仁蓋面，都是多采多姿多變的點心，而且易做。

小果撻

# 擇善與固執

（原文寫作於1991年2月，2001年11月修訂）

現代人的飲食，隨着生活模式的改變，與傳統日漸分離，很多以前牢不可破的烹調觀念，逐漸受到質疑和挑戰，尤以與飲食健康相抵觸的，不是被改革便遭淘汰。「美食」一詞，含義也與時代同步。

## 中式烹調，是否絕對完善？

一個常常往來中國大陸和歐美，做廚房設備生意的朋友問我，怎麼世界很多文明國家，近二，三十年來先後在烹調的技術和用料上都有顯著的改變，口味上也有急劇的轉移，而中式烹調，似乎以不變應萬變，是否我們的方法，絕對完善，抑固步自封，不肯改良？

這個問題牽涉很廣，不是三言兩語可以道破。他並非無的放矢，他說的中菜烹調技術，大意是指一般的蒸、炒、煎、炸、燜，而這些技術都與我們的鑊，有密不可分的關係。朋友在一家著名的美國廚房設備公司服務，在中國推銷此類現代化產品，顯見有問題，難怪有此一問。

到了今天，中國的廚子尚大做稱霸世界食壇的美夢。一口鑊既然可以煮得出神入化，何需花大筆金錢和一番氣力去購買和學用新設備。況且要讀通設備的說明書也要有點文化，否則得物無所用，等同虛設。朋友要推廣成功，談何容易。

## 港人口味保守，不易接納西式廚房設備

就算在香港，推銷的對象 除了大酒店及飲食機構外，一般市民不見得對龐然大物的美式廚房裝備有需要。一來廚房面積是最大的限制，其次是香港人口味的保守，電力火灶及烤爐，無法與石油氣爐爭一日之長短。試觀近年外國製造商推銷微波爐不遺餘力，仍然未能說服市民去接納沒有鑊氣的中菜。

其實香港人對飲食的執着，真是根深蒂固。很多烹調方法，早應改良。一些約例俗成的餚饌標準應該重新釐定。「美食」的觀念，更應跟隨時代而修正。

## 炒法二千多年來一成不變，亦不需變

用鑊炒菜，是中國烹調的的特色，已逐漸為其他民族所採納。這一「炒」也，能以最短的時間，用最少的燃料，而又能保存最大的養分，不是任何一種烹調方法可以媲美。有趣的是，炒的方法追溯得越裏，似乎效率越高。

中國的農家，廚房與牲口的欄廄往往相連，廚房只有一個火灶，一口大鑊端坐其上。農婦塞一把飼畜的禾草入灶內，燒得火熊熊的，一會兒飯便燒開，此時加入要蒸的菜，到飯焗好，菜也熟了。把飯盛好在飯桶裏，鏟去鍋巴，洗淨鑊，再堆一把草，燒紅了鑊，投下蔬菜，吱吱喳喳的，在大鑊內急急翻炒，一頓飯便做好了。這是日軍侵華時，我逃難到粵北時見到的。

「炒」是最上乘的烹調方法

這個印象很深刻，一生中從未對「炒」字置疑。在美國生活了近廿年，仍不習慣在電灶上用西式平底煎鍋炒菜。教中國烹飪時，我一直肯定「炒」是最上乘的方法，原則上沒有改良的必要。

為了適應外國廚房，起碼的遷就是免不了的。例如在電灶上加個鋼環把鑊架起，又或用一個底部削平了少許的改良鑊，使能平放在電灶上。再講究一點，特別裝一具中式的煤氣鑊，鑊的頂頭加個強力抽油煙機，大炒特炒。

## 世界飲食潮流在變，中式烹調果真不需變

一具食品加工器 (food processor) 的發明和推廣，改變

了整個法國飲食的模式，帶領法國菜走向清淡口味的路。新菜名廚，一九七八年來港親善，把粵式炒菜法和蒸魚法帶回去發揚光大，並且納入為法式烹調技法之一。今日世界飲食潮流，洶濤澎湃，連美國也經歷着巨大的演變。尋根之餘，美國人卒於找到了他們自己的食製。近年更提倡要「食得好」，國人對飲食健康十分注重。

中國大陸自從搞上了工藝菜這一門，中菜在外國的聲譽不佳。盧森堡國際美食大賽落第後，參賽的廚師方始發覺原來其他的國家也有很高水準的烹調，而中廚最缺乏的，就是先進的廚房設備。

香港飲食走國際路線，無論在設備與用料上都較大陸和台灣完備。三個地方所採的烹調方法雖然相同，但各朝不同的路向發展。香港飲食的多采，世界馳名，但一些烹調上的陋習，因循成例，總不見有心人肯花唇舌去陳說利害及規諫。

## 粵式醃肉法是個大陷阱

不明白的是：肉類為甚麼一定要經化學作料醃製？帶鹼性的醃料無疑可以改變肉類的質感，可使粗糙平價的肉變得嫩滑。但醃過的肉類往往帶有金屬的氣味，多時為掩蓋這種氣味，又多加了提味劑，原來的味道及質感，蕩然不存。而加了鬆肉粉的牛肉，滑滑潺潺，咬下去似嚼敗絮。很奇怪，香港人的口味顯然已受了過久的訓練，習以為常，反而抗拒原質原味的肉饌。

牛肉炒露筍

本地牛肉，肌理組織間缺乏脂肪，又是即宰即售，完全不經擱置老化 (aging) 的程序，所以肉質很韌，加蘇打粉去醃製這一手法，起碼已行之五、八十年。蠔油牛肉、中式牛排、牛肉燒賣，就是此中的表表者。如何醃肉，是粵廚的特別法門。在未有接觸品質優良的進口牛肉之前，可說是萬不得已，無可避免。可惜醃法濫用，延及熱葷中的鴨片、雞片、鴿片。普通菜如排骨及肉排，也是非加化學醃製不行。除了家庭烹調，大小食肆一律照醃如儀。如此質感的肉饌，已成標準。

## 鮮嫩海產亦要醃製

甚焉者莫若貝殼類海產如蝦、帶子、螺、蚌、魷魚等各具本味及特質的海產，就算十分新鮮，也要強加化學醃料諸如鹼水或蘇打粉(有時還會用上硼砂)，使質地變得爽口和美化賣相。而醃料遺留的澀味，便靠不斷用水去沖掉，流失的原味只好由提味劑去補充了。目前在香港大行其道的火鍋食製，除活蝦和魚片外，其他魚鮮肉類，十有九俱經加鹼醃過，沖不夠透的，鹼味十分顯著，真的不明所以。筵席上的玻璃蝦球、清炒蝦仁、油泡帶子、白焯(急凍)螺片、象拔蚌等，無不先醃後「啤」(飲食行業術語，不斷沖水之謂)，致使本味本質完全改變。據廣州特一級廚師黃振華稱，海產加鹼，除了爽口色鮮之外，最大的好處是加熱後不會「瀉身」，外型穩定云云。

## 烹正調誤，有悖營養，亟需改革

以上所提，見仁見智，但在營養學上來看，實不足為法。以中式的炒法，海產肉類先泡油後回鑊急炒，已可保持嫩度，實無需多「做手腳」，糟蹋新鮮作料。摒棄傳統方法而不善為採用，轉入歧途而不察，殊為可惜。若烹正而調誤，即使烹法超卓，但仍得與調味配合。

最要害的莫如把新鮮蔬菜加鹼去焯以求保青。這麼一來，蔬菜內的維生素全被破壞，連纖維質也變軟，養分所餘無幾。其實憑着一口鑊和炒法，已可燒出最合乎營養的青菜了。

先進廚房設備，無疑可以提高效率和衛生水平。但光在設備上求變，而忽略了原則，不只歪扭物料本質，尚且破壞養分，是十分嚴重的惡習，也應革除。粵廚若能擇其善者而執之，回頭未晚也。

油泡石斑球

79

# 從「適量」與「識量」到「師傅」與「師奶」

　　自從圖片菜譜大行其道，文字已變成圖片的附庸。人看圖識菜，又有電視或錄影帶的示範，學燒菜的，確比二十年前方便得多了。

## 好菜譜可離圖獨立

　　一如電腦及電視之日趨普遍，人靠賴的資訊，已不必全由文字去傳達了。但烹飪圖像化，也有不足的地方；平面的圖片，加上了活動的影像，還是不夠全面。圖片只表示菜式的形，示範不過是操作的步驟，菜譜的文字，並不因有圖片及示範而可省略。

　　不論資訊如何發達，今日大部份的美國食譜，仍以文字為主。一個好菜譜，可以離圖片而獨立。名氣越大的烹調專家或名廚，所寫的菜譜，準確性越高。在雜誌或報章上發表的菜譜，因為傳播面廣，更不容馬虎，偶有錯誤，讀者可以隨時去信投訴。

　　一九七八年中華煤氣公司出版了圖文並茂，印刷精美，結構嚴密的Chinese Cookbook（中國食譜），是香港飲食史上一冊鉅著，至今仍獨樹一幟，未見有其他的食譜可以媲美。十餘年來，香港飲食業發展奇速，新派中菜崛起，這本傳統中菜食譜仍然屹立不動，可惜只有英文版，普及性不高，失去了大部分的香港市場，但因此而能打開

國際的路線，行銷海外。書中的菜式，分由六個香港廚師烹製，菜譜經專家編撰校訂，一絲不苟。就算沒有圖片的菜譜，讀者也可以按部就班跟隨，依譜把菜燒好。

無比石油公司也出版了一本中菜譜，完全沒有圖片，但資料豐富，菜譜詳盡，用的是中文，比較大眾化。這兩本食譜在七十年代後期，是自學中菜烹飪的好導師。就算雜亂無章、文字欠通、印刷及釘裝俱劣，陳榮著的《入廚三十年》，也自有它的參考價值。

中國大陸出版的食譜，另有一番景象。大師傅只會燒菜不會寫，菜譜由他人捉刀。七十年代出版的一套分區域的中國菜譜，與讀者相隔千萬里。直至中日合作出版了《中國名菜集錦》後，中國食譜方始向圖片方面發展。日本的攝影隊和一群美食家，沿着中國大江南北，一面旅遊，一面品嘗各大城市名店的名菜，即席拍攝。全書觀賞性甚高，印刷非常精美，很多菜式都沒有正式的菜譜，但介紹文字極其詳細清楚，俱由懂得烹調的人執筆，分中、日、英三個版本。有一個時期香港辰衝書店可以代向日本訂購，一套九大冊，定價八百美元。我有一套，但香港天氣潮濕，藏書不易，早於八四年運回美國，每年返家渡假時必重閱一次，對中國菜的認識也因溫故而知新。

## 香港食譜漸離正軌

不知始自何時，香港食壇流行創新，食譜也漸離正軌，步向以圖為主譜為次的階段，一菜一圖。而菜譜之草率，有譜等於無，讀者茫然如墜五里霧中，無所適從。

在高度商業化的香港社會，食譜的出版競爭甚大。好幾位在電視上示範的烹飪明星，都各自出版菜譜系列，烹飪學校也紛紛推出自己的食譜。一般來說，這些食譜內的菜譜，實用性較高，價格廉宜，投合大眾的口味。若與以上所提的幾種經典食譜相比，自是不可同日而語的。但有些只合觀賞的食譜，過分注重圖片而忽略菜譜。本來作者大可採取《中國名菜集錦》的方式，索性拋開菜譜而多作說明，使讀者一看而知食譜的性質是在圖而不在譜，便不去試做菜。若空有菜譜而近於「無譜」，徒增讀者苦惱而已。在作料項下，圖片化的食譜常有「適量」二字，讀者如何

「識量」去量分量呢？尤其在點心或糕餅的製作上，分量絕對重要，少如¼茶匙的發子或純鹼，也會舉足輕重，不能以「適量」二字蔽之。

這並不等於說「適量」兩字不能用。反之，在調味方面，「適量」之為用極大。很多名食家常說中華民族飲食文化博大精深，非一小撮鹽或數滴麻油可盡表五味之調和。就是因為口味人各不同，故無法以一定量的調味品或香料去決定某人之口味而要「隨量」。在外國的食譜，雖然沒有相對於「適量」的字眼，但salt and pepper to taste卻是標準的術語，故在做法項下，會有「試味」correct seasonings一句作呼應，叫讀者注意隨個人口味去作味道的調整。慣例上，少於⅛茶匙的粉狀調味品，可以用「小撮 (a pinch of)」表之。至於小量的液態調味品，則以「數滴 (a dash of)」表之。

這種瑣碎不堪的分量，在日夜操作的大廚師眼中實是微不足道，可是燒飯師奶如想學燒大師傅的菜，非得要有分量不可了。

## 製作方法諱莫如深

近年香港有了美食大賽之後，得獎的大師傅及其所屬飯店，少不免廣作宣傳，大師傅再也不能敝帚自珍，要將其秘方及心得，公諸於世。如果大師傅發表的菜譜含糊不清，燒飯師奶學大師傅的菜時一定苦不堪言，下面是一個很好的例子。

個人一向不讀消閒性的「八卦報」，一日在美容室枯候，偶閱《明報週刊》一則廚師心得。圖片上的「雀巢鳳尾蝦」十分吸引。菜譜卻不盡不實，無法依循。不知是否本屆白金獎得主曹傑文師傅有心留下幾招以保秘笈，抑或執筆者過分大意，致我這個發燒煮飯師奶，讀來有如丈八金剛，全摸不着頭腦。其實如此輕率寫譜，對大師傅、大作家及小煮飯師奶三方面俱無好處。

這道菜的特色是蜂巢，竅門也在蜂巢。曹師傅去年亦是憑「蜂巢奶」獲甜品白金獎。但菜譜上的蜂巢皮，只有作料，製作方法則諱莫如深。澄麵粉八兩，鹹蛋黃六隻，粟米油一兩，筋麵粉三兩，完全沒有液體的綷拌，何以成

皮？人人會做的葡汁餡反而較為詳細，但用以稠汁的「麵撈」（西菜術語ROUX的譯音，是把油與麵粉同煮的混合體），作者竟誤以為是包裹釀有葡汁餡的鳳尾蝦的蜂巢皮。而十二隻蝦的葡汁，要用四湯匙的咖喱粉，平均每隻蝦的芡汁，足有一茶匙的咖喱粉，是否過量？這些錯誤，一般走馬看花的讀者不會在乎，但對曹師傅的冠軍聲譽，大有影響。我敢說以曹師傅之經驗，在這方面絕不會出錯。可惜欲事宣傳，卻得反宣傳之效，非曹師傅之過也。

## 如數家珍一點不留

記得七九年，常與廣州的廚師作交流。在泮溪酒家吃到一式蜂巢蛋黃角，大為激賞，當時即向有「點心狀元」美譽之羅坤師傅請教，羅師傅十分爽快，立刻帶我入點心間，着他的助手劉惠端女士示範，他還耐心地向我解說創製蜂巢蛋黃皮的經過。

羅坤師傅創作的點心，膾炙人口。在物料奇缺之際，羅師傅的創作靈感特別豐富。蜂巢蛋黃皮其實在荔芋季節過後，利用鹹蛋黃及熟澄麵揉合而成，原意是代替荔芋皮的，結果新創的蛋黃皮不獨有荔芋皮的蜂巢效果，而且甘香酥化，比荔芋皮還勝一籌。由此蜂巢蛋黃角便成了羅坤師傅的拿手點心，不受季節的限制。蛋黃皮可以包餡成角形，又可作棋子形，更可一如荔芋皮釀在鴨肉上炸酥，彈性大而變化多。但無論成何種形，羅師傅說要做好蜂巢角，要注意：(1) 淥澄麵沸水的用量，一定要「適當」。沸水與澄麵的比例，約為一比一，視乎澄麵乾濕的程度而稍有增減；(2) 炸角的油溫關鍵最大，油太熱不成蜂巢，油不夠熱蛋黃皮會變得鬆散。最好是首先用中大火，後慢慢降為小火。炸時切勿將角翻動，否則難以成蜂巢形。

蛋黃蜂巢角

每一位師傅都有各自的看家本領。曹師傅用的火候是先用八成油溫，下料後改用慢火。至於蜂巢皮，曹師傅則多加了高筋麵粉。高筋麵粉韌度強，未審與澄麵同用有何目的？希望曹師傅不吝珠玉，有以教我，則發燒者飯師奶幸甚矣。

# 一字之差

（原文寫作於1991年10月，年月修訂）

　　寫食經或飲食介紹的自由度較大，可以隨一己之見盡情發揮，不似寫菜譜要受作料分量、加熱時間與烹調方法的諸多限制。若偶有失誤，還會導致「一子落，滿盤索」之困境。

## 飲食文章引起掀然大波

　　私人間菜譜的相互交流，自不在此限。如果菜譜是公開在報章、飲食雜誌登載，又或出版成書的，流通面越廣，菜譜的準確性越要高。換句廣東話說，凡「出街見人」的菜譜，一定要經得起考驗。所以在美國的飲食雜誌社內，定有試驗廚房之設，並聘請專人分別試驗投稿者的菜譜。出版社如無試驗廚房，則把在計劃出版中之食譜手稿，分發與知名之烹調專家抽樣試驗並批評。這種做法，無非想盡量減低菜譜出錯的機會，一方面可維持作者及出版者的聲譽，二方面可以避免讀者的投訴。

　　口味因人而異。菜譜的優劣，很難有標準。菜譜是否準確，則可以隨時試出。眼明心慧，富烹調經驗者，有時不必測試亦可一眼察出菜譜有否破綻。近年流行在菜譜內附帶養分分析，計算每一人份的主要養分含量及熱量，這方面是比較容易出錯的。

　　今年八月初，美國食壇發生了一件大事，轟動全國。事緣七月份的《美食家》Gourmet雜誌，登載了一篇有關糖曲奇餅（Sugar Cookies）的文章，作者海侖古士塔夫信（Helen Gustafson）特地介紹她家活娣姑姑（Aunt Vertie）的

糖曲奇餅秘方，同時還提供多個糖曲奇餅的做法。文內描寫美國中西部，內不列士加省(Nebraska)的夏日風情，一家大小坐在門前，渴冰凍的檸檬水，吃雪糕，嘗曲奇餅的和樂氣氛。最使她念念不忘的，是活娣姑姑做的糖曲奇餅。

那時作者還是個小女孩，只記得姑姑的曲奇餅特別大，既酥又脆，而且微帶點清香。後來長大了，纔知道那幽香原是來自輕輕幾滴的冬綠香精。為了與讀者分享，作者很大方地把活娣姑姑的秘方公諸同好，而且還發表了好幾個有「名堂」的曲奇餅製法。

一篇如此懷舊，允滿濃厚鄉土氣息的飲食文章，怎也想不到會引起掀然大波。

我訂閱《美食家》雜誌有十多年，每月不停收到雜誌社寄來各式各樣的推銷「垃圾郵件」，往往隨手一扔，便送進字紙簍去。但八月二日忽然收到雜誌社一封信，封面有紅字赫然印着「重要，請立即拆閱」。

這是一封由雜誌社總編輯寫給訂戶的信，大意說：「最近收到幾位十分關心的讀者的來信，叫我們注意在七月份登載的糖曲奇餅一文內，活娣姑姑糖曲奇餅的方子，所用的冬綠油(wintergreen oil)是不能內服的，只宜用以擦背痛，敷患處，敏感者不慎服下，會引起嚴重的反應。但冬綠精(wintergreen extract)是可以食用的，務請將兩者分清，以免危害讀者健康。我們十分感謝讀者的關懷，並衷心向各位讀者致最大的歉意。現付上塗了膠的修正本，請貼在八十八頁適當的位置上」。

跟着第二天，各大報章的頭版新聞亦登上這個消息，提醒國人不可將冬綠精及冬綠油混為一物。報上還說小孩子若食下三百個這種用冬綠油做的曲奇餅，會有生命的危險。全國性的電視網絡，在當晚的主要新聞也有報導，說當今擁有八十萬訂戶(二零零年訂戶已超過一百萬)，最著名的《美食家》飲食旅游雜誌，發信給它的訂戶，更正七月份一個菜譜內以冬綠油作冬綠精之誤。時事述評人就此事加以解釋冬綠油與冬綠精之別，叫美國人不可誤用。之後各大報章上之飲食版，乘勢幽《美食家》雜誌一默，人人語氣不同，但箭頭多指向雜誌社，並沒有太難為作者。

其實冬綠香精是一種常用的香味精：香口膠，香口糖，糖果，甚至以前的沙示汽水也有這種香精，味清涼，能解口氣，食之使人覺得口腔舒暢，通常在超級市場的製餅材料部可以找得到。作者在文章內屢屢提及的是冬綠精而非冬綠油，但怎會在譜內的作料項下，竟變成了冬綠油？那是令人費解的。可能雜誌社負責試譜的人，在超級市場找不到食用的冬綠香精，跑去藥房買錯了不應內服的冬綠油，馮京作馬涼，風波可云大矣！

雖然消息遍全國，雜誌社仍恐有漏網之魚，為穩重計，在八月份的刊物，文字的第一頁，用特別的格子，圍住一項通告，叫讀者切勿用冬綠油，可代以杏仁香精或雲呢拿香油。由此可見，菜譜內一字之微，若是錯了，可大可小。大焉者足以影響飲食健康，小焉者連累讀者糟蹋作料，從而失去燒菜的興趣及個人信心。

上一篇述及在香港的一次烹飪比賽中，白金獎得主發表的一則看家菜譜，沒首沒尾的叫人看得十分煩惱的故事。在該文內我發了一大頓嚕囌，或者有人會批評我只曉得拿外國的尺去度香港的事，但從上面的例子可以見到；人誰無錯，發表了的菜譜，有錯一定要更正，有遺漏，也應補足。在未發表之前，作者固然要小心撰寫，出版者更應多方校對以保障讀者的權益。蓋寫菜譜並非兒戲，豈容馬虎了事，作者以外，還有讀者哩！

## 曲奇餅的獨步單方

到此為止，不如說說曲奇餅。

香港無人不知有曲奇餅此物，因為受了丹麥藍罐牛油曲奇的廣告，日以繼夜的疲勞轟炸之故。一說到曲奇餅，自然而然便想及藍罐曲奇，似乎曲奇就只得這一種似的。其實曲奇二字，直譯自英文cookie，而用cookie這個名稱的，美國人又比英國人多。同樣是一塊薄薄的小甜餅乾，英國人會叫它做biscuit。因此我們可以說cookie是美國式的小餅乾，但在香港，慣叫做曲奇。

曲奇可以說是美國飲食文化的一部分，足堪與熱狗及漢堡包媲美。無論在節日，聚會，野餐，兒童的生日會，曲奇不可或缺。最不喜歡燒飯的美國母親，也要懂得做曲

奇。就算小學生，很早在學校裏便學會了用急凍的現成曲奇麵糰，切成一塊塊，放入烤爐裏烤來吃。

曲奇既然如此普遍，種類也就十分多，一本銷路甚廣的Betty Crocker's Cookie Book，有近二百種的曲奇做法，但都是從一個基本的譜子演變出來。糖曲奇其實就是最簡單，最基本的一種。主要的作料有麵粉、牛油、雞蛋、糖、膨鬆劑(發粉及小蘇打粉)和香油。通常的做法是把各種作料拌和成糰，冷藏至身硬後開薄，用模子切出不同的形狀，再灑些砂糖在面上，烤脆便是。

至於拌合的方法，也因譜而異。有將牛油在麵粉內切細，另將其餘的作料打勻加入麵粉、油的混合物內，稍拌勻即可冷藏待用。亦有先打勻牛油和糖，加入雞蛋、香油，然後逐少拌入麵粉的。總之各家各法，家家都有自己心愛的方子，好朋友纔肯互相交換。

我哥哥有四個孩子，嫂嫂是個做曲奇的能手，搜集曲奇方子是她的嗜好，孩子放學後不愁沒好曲奇吃。在美西最吃得開的是菲爾氏太太曲奇Mrs. Field's Cookies，論個出售，大大的一個，內有碎朱古力，果仁及很香濃的牛油味，酥脆異常。香港也有它的分店。該店的獨步單方，卻是可以買到的，每方三百美元，買者只許自用，不能私相授受。話是這麼說，但買方子的人總也會益自家的至愛親朋，不過決不會隨便見人便派，因為派濫了，自己的三百塊錢豈非毫無價值！我明知嫂嫂手上就有這麼的一紙曲奇秘方，也不敢向她開口。幸而她每次來看望我們，總會帶一大罐來，讓我們大飽口腹。

合桃酥

在美國最流行的中式曲奇是籤語餅，其次是杏仁曲奇。籤語餅是摺成小角形，內有一小字條的脆口曲奇，食味平凡無奇，旨在用籤語上的好意頭話，騙騙外國食客的歡心而已。杏仁曲奇源自廣東的合桃酥，餅面上的是杏仁而不是合桃罷了。

在廣州河南我的老家，與成珠茶樓相距不遠。除南乳小鳳餅馳名遠近外，成珠的南乳餅仔亦甚出名。懷舊起來曾試將基本糖曲奇的做法稍改成南乳曲奇，效果十分滿意，亦聊勝於無也。譜子如下：

南乳曲奇

## 南乳曲奇

作料：

牛油或固體植物油225克(半磅)，豬油亦可
黃砂糖¾杯滿
南乳半塊約1湯匙滿
大雞蛋1隻
麵粉2½杯
泡打發粉2茶匙
小蘇打粉¼茶匙
蛋白1隻
白芝麻¼杯

### 準備：

1. 牛油在室溫下攔軟，與黃砂糖同放入大碗內，以木匙循一方向攪拌至和勻，約10分鐘。

2. 置南乳於小碗內，用小匙壓至極碎，加入雞蛋同打勻後拌入大碗內與牛油、砂糖同混合。

3. 麵粉，發粉及蘇打粉同篩在蠟紙上，逐少加進大碗內，邊加邊與碗內之作料同拌勻成糰，以保鮮膠膜蓋好，冷藏起碼3小時。

### 做法：

1. 預熱烤爐至華氏350度(攝氏180度或煤氣烤爐6字)。

2. 烘餅盤薄塗牛油。芝麻盛小碟上。

3. 取一小塊曲奇糰，搓成圓球，直徑約⅞吋，以餐刀背壓平至¼吋厚，面上塗以蛋白，沾上芝麻，排在餅盤上，每個曲奇相隔起碼要有1吋。入爐烤15分鐘。

4. 分批完成其餘曲奇糰，可做60個。

　　後記：不要少看一個字，在香港也有一「字」成災的例子。淘化大同有限公司的醬油，招紙上印上「不含味精」的字樣，被人檢舉，查得醬油內實含有味精的成分，屬廣告錯誤，被罰五萬元。罰款事小，損害商譽事大。淘大公司應該清楚在釀做醬油時，大豆和麵粉發酵，產生天然的味精。如果公司在招紙或廣告上將「不含味精」的「含」字改為「不加味精」的「加」字便不會引起如許風波了。這豈也不是一字之差嗎？

二〇〇五年五月

# 從「群」字說開去

(原文寫作於1992年5月，2002年4月修訂)

　　兩、三年前，特級校對老前輩來港，在新張不久的五星級大酒店內的中餐廳宴客。部長送上菜單之後，老人家臉色很不好看。上過幾道菜，雖未聽他有甚麼批評，但顯然十分生氣。平心而論，那晚的菜頗薄，而味也寡，一盤「紅燒大群翅」，完全失準，其他的菜都燒得不好，帳單的數字與菜餚的質素有極大的距離。大家都心裏明白，香港海灣的夜色，餐廳的豪華氣派，週到的招待，與及桌上每位不同配搭的意大利名瓷，佔了可觀帳單的一大部分。究竟物非所值抑或物有所值，我們做客人的，不便發表任何意見，但同樣感謝主人的盛情。

紅燒大裙翅

## 群翅應是裙翅

　　第二天老人家有電話來大吐苦水。原來他生氣的，是菜單上「紅燒大群翅」的「群」字是錯寫了，應為「裙」字。他認為堂堂五星級大酒店的中餐室，主理的不該連「裙」、「群」不分。何況飲食界近年一直自封香港為「美食天堂」，要名副其實，飲食行業怎能如此疏忽及無知。

　　為了這一個「群」字，他按捺不下火，往往將「美食天堂」與「群翅」相提並論，不停呻氣。及他的《粵菜溯源錄》出版，「食在廣州」時代，大三元酒家吳鑾師傅的名菜「六十元『紅燒大裙翅』」全變了「大群翅」。到此，老人家更是氣結了。

## 具單元文化背景的，有福了

十分羨慕老人家單純的文化背景，淨化得可以執着到底，不受時代的任何衝擊，做現代人，卻活在古老的世界裏。

拿着筆桿子的新一代，沒有上一輩的福氣。我雖不以寫作為業，也覺有口難言，罄竹難書。生於書香世家，讀的是「番書」，生活在外國數十年，想法已與一般人有別。就算我手能寫我心，寫出來的東西，也像我的外表，總帶着些洋氣，有時手不從心，禁不住擲筆三嘆江「娘」才盡！

## 七面進迫下，苟延殘喘

像我這種人，困在中、西、南、北的框框裏，腳踏漢字實地，頭頂簡體字大石，六面為難，透不過氣。加上近年用了電腦寫稿，自己原有的頭腦，給電腦搞得昏天暗地，何者為正字，何者為異體字，何者為俗字，再也不辨是非了。怎麼還會像特校老人家為了一個「群」字去生那麼大的氣！

我常嘲笑自己是個「七夾人」，所以寫錯了字必認，認了必改。有時見到電腦的輸出，明明在輸入時，字根是對的，結果印出的是另外一個字，啞然失笑之餘，寫下一個大大的「服」字！

九一年一月份和二月份，大菲君在《飲食天地》雜誌上指出了很多食經文章常見的錯字，十分精闢，值得所有食經作者的注意。有些錯字，的確錯得離譜，有些是正字與俗字之別，有些由於作者或校對雙方的粗心，有些則是應加不加，應減不減的，也有繁體、簡體混淆不清的。可惜只有「鮑翅」被指出應是「包翅」，而沒有顧及常使特級校對老懷耿耿的「裙翅」。

據特級校對在四十年前出版的「食經」第一冊寫得很清楚。沙魚中的尾鰭、胸鰭、背鰭、臀鰭、都可做魚翅的「食製」，而以臀鰭為最上品。紅燒大裙翅的裙翅就是臀鰭，長在沙魚腹之下，有如裙形，故稱之曰裙翅。這麼看來，這個「裙」字，是有來由的，絕不能以其他字代之。反

裙翅

90

而「羣」字，有時可以寫成「群」字，一是正字，一是異體字，是共通的。不同的中文電腦輸入系統，寫法也不同；有作「羣」字，也有作「群」字。但兩字都對。

## 「食制」與「食製」應該有別

我常犯錯，沒有資格去分辨別人的對錯。但我想借這個機會，一提「食制」及「食製」之別。

英文分得很清楚：Cuisine是「食制」；Food是「食製」。「食制」是一個民族的飲食模式。近代的飲食人類學家闡釋「食制」有四個範疇：作料的選擇；烹調方法的使用；調味料的配合；食品的供用及食用方法。在這個模式下產生的食品，就是「食製」。換句話說，「食制」是宏觀的，而「食製」是微觀的。我們處在簡體字的壓力下，所有制度和製造統以「制」視之，約定俗成，像我們廣東俗語有話：「想唔制都幾難！」

「製」、「制」不分，是繁、簡字體下的產物。為何英文分得清清楚楚，而中文卻會那麼混淆？這是否說出了今日飲食寫作人的一點點困惑？

## 南北飲食術語難統一

寫飲食文章的，不一定是文學家，也不一定是語言學家，更不俱是飽學之士。處於重重夾縫之中，面面為難。中西文化有歧異，南北飲食風俗各有不同，每一塊地方，有不同的飲食術語。以中國版圖之大，方言之多，要能全通，簡直談何容易。就以粵廚的術語，北方廚子可能不懂，相反地，粵廚也不會明白北方的烹調術語。用字的正誤，固然重要，南北不能溝通，也是一個嚴重的問題。

在一地的報章或雜誌寫食經的，可以採用當地的口語和飲食行業的術語，只求不寫錯字，文法通順，讀者便很容易了解及接納。寫食譜的，推銷網絡較廣，一定要有一套標準的術語，務使多地的人讀了都能懂，否則買了食譜，亦無用武之地。九零年《中國食品》雜誌從五月份到九月份，一連五期都有教人怎樣看懂廣東菜譜，充分表明了南北烹調術語果有很大的差異。

## 作料分量單位太多「制」

至於烹具和作料也是人言人殊。苦惱的是，作料分量的單位漫無標準，有用司馬秤，有用市秤，有用萬國公制，有用英制，有用美制，有些甚麼制也不管，實行以「適量」制之。完成這分量單位一統大業，比中、港、台一統還難。希望在不久將來，有一本標準的飲食字典，集南北、繁簡於一冊，則作者及讀者雙方都會得益。

## 南人北人，自說自話

說到口語和飲食行內術語，那真是一門大學問。香港是華、洋混雜之地，從西方烹調吸納了不少新的技巧。又因與外國接觸頻密，引進了世界各地的產品，粵廚的用料和術語，勢難為困處內地的廚子所能了解。下面舉幾個常見採自西方烹調、具有粵語特色而又已成行內共通的術語為例：

| 粵廚術語 | 解釋 | 外語來源 |
|---|---|---|
| 麵撈 | 做奶油芡時以脂肪及麵粉煮成的麵糊 | roux |
| 掰酥 | 法式水油皮包酥 | puff pastry |
| 拿酥 | 用麵粉、糖、牛油、雞蛋、淡奶、共同糅合的甜酥皮 | sweet pastry |
| 馬鈴 | 雞蛋清和糖同打至「企身」的混合物 | meringue |

這不過是少數例子，最常見的如撻、批、戟、布丁等，已是香港人所共知的西點，全不稀奇，而在北方，恐怕要找翻譯不可了。

同樣，我們的煲，是他們的鍋；我們食大鑊飯，他們喫大鍋飯；我們炒球、切件、飛水、起肉、拋鑊、泡嫩油；他們炒日字塊、切塊、氽、剔肉、翻鍋、滑油。總而言之，你說你的，我說我的，想找出一種共通的語言還來不及，何暇顧及「食制」抑「食製」，「裙」抑或「群」！

## 統其「群」、「裙」之戰，一於共通

其實裙翅不外烹製時維持魚翅整包，而又散開成裙形

而已。記得以前買裙翅是論副的，不會單買一隻。既然是成副，副等於組，自是成群了。高等數學有「群論」，有「組論」，師傅炮製一群的魚翅去做裙翅，既「群」亦「裙」，兩字當它共通可矣。又何奇之有哉？

廚藝也是正統學
問，應鼓勵更多人
參與學習培訓，注
入新動力，這行才
有發展前景。

# 抱負

（原文寫作於2001年12月）

## 藍帶烹飪學校進修

　　兩年前回美，和十五歲的男孫文翰聊天，問他可曾考慮過將來要做甚麼，他毫不猶豫地説想做個廚子，已在修讀法文，準備將來去巴黎的「藍帶烹飪學院」進修。

　　聽了一點不出奇。這個寶貝孫兒，自小依在婆婆膝下，不用吃甚麼現成嬰兒食物，飯仔、菜泥、肉糜、果醬全是婆婆親手精心調製。兩、三歲時他已有無比的耐性，坐在高椅上一聲不響地看婆婆在廚房內攪東攪西。那時和他一起消磨半天，真是人生一大樂事。到了六、七歲，他已儼然是個小食家，辨味能力極強，吃丁甚麼，可説過口不忘，下次為他燒同樣的菜，他説得出是以前吃過的。上中學後，選了烹飪課，他已能為妹妹預備午餐，就算弄一份三文治，也是花樣百出。暇時更喜歡讀飲食雜誌。

　　每年暑期我從香港回美，在機場他已急不及待向我訴苦，説外面的中菜多甦腳，然後大「落定單」，要我為他燒這燒那。大家一同看法菜烹飪示範節目時，他不停發問，興趣之濃，令我有點擔心。

　　不要以為文翰不成器，走投無路纔想去當廚子。在學校裏，他不只讀的是天才班，而且英、數、科學等科目，成績都比同班的天才兒童好，智商又高。父母不肯讓他跳班，怕他與同學有距離，學校只好叫他往高班上部分的

藍帶烹飪學院的一群師生

課。他不是死啃書的呆子，是個游泳好手，水球隊員，鋼琴也彈得不錯。讀書固然是甲等成績，仕家循規蹈距，父母去上班，他下課後還照顧妹妹的飲食和功課。看着品性純良，健康快樂的孫兒，做婆婆的真箇從心底泛出無盡的愛意。

別的父母，有這麼一個兒子，早已有一大套計劃要怎樣栽培他成材，送他進名校，起碼為他挑個「三師」(醫師、律師、會計師) 之一的專業。兒子不為光宗耀祖，也得為自己日後的出路着想，奈何竟要去做「廚師」，是不是受了婆婆的好家教！幸而女兒及女婿都十分明理，沒有怨言。因為大家都知道文翰年紀尚小，懂事的時候自會知所選擇。

作者與譚榮輝合照

仕歐夫，烹飪是一門專業，與任何專業都受到同等的尊敬。就算這麼的一個心肝孫兒，果真要去學做廚子了，也不見得天會塌下來。但做老人家的，有話一定要說清楚，免他將來後悔。不過，話也不能說得太強，引起反感。

我向他解釋說，有一門專業是應該的。如果不打穩學業的根基便鑽進廚藝的牛角尖裏，萬一將來發覺學廚原來並不如理想那麼完美，想回頭時已是太遲了。最聰明的做法是先讀完大學，背個行囊，花一年時間去法國見識，果真有興趣的，那時入行亦未為晚。或者學了廚再繼續進修較高的學位，一舉兩得。女兒則實行緩兵之計，說去法國留學，費用甚昂，以目前美國的經濟環境，父母隨時有失業可能，叫他向婆婆商量去。

我給他舉很多實例說：「現時在美國十分出名的廚子，都是讀好了書方轉行：茱利亞、蔡特 (Julia Child)，亞麗斯、華特氏 (Alice Walters)，佐利米亞、杜華 (Jermiah Tower)，江獻元，譚榮輝，甄文達等都學有所成 (這幾位廚子我曾先後介紹)，回過頭來方選廚藝為第二專業。每年美國選出的十大廚師中，過半數都是大學畢業的。在美東有一位中國太太，是圖書館學碩士，去了紐約州的美國飲食學院再進修，結果開了一家餐館，聲名大噪，不久且獲選為十大新進廚子之一。在IBM研究所，你公公有個德國朋友，是數學博士，教膩了書，乾脆把教席辭了，跑去當了兩年廚師，方去做研究。這回輪到他太太去還心願，

在鄰鎮當其糕餅師，兩人都認為燒飯是舒緩壓力的最好辦法。婆婆的朋友蘇恩潔，是倫敦大學的歷史學博士，也轉了行去寫食譜。可見基礎打好了，隨時可以有多一個專業。一個人有了學問，自然明事理，懂得分辨是非，閱歷廣了，人變得靈活，學甚麼也容易得多了。」

孫兒聽了，唯唯諾諾，想他心中一定老大不高興。及他參加了畢業前全美國高中生的甄別試，平均成績在最高的百分之五內，名校相繼寫信來招手。最近的消息是文翰決定攻讀醫學預科，兩家人纔舒了一口氣。

## 廚藝也是專門學術

最近在香港認識了甄文達，那晚是鍾錦先生設讌。大家談起海外華廚多好賭，一收工便忙不迭去賭個痛快。勝了固然無心燒菜，輸了情緒更低落，除了許沛榮，沒有幾個是成功的。廚師這一行，聲譽怎會好！鍾先生也說自己十幾歲便入行，捱個死去活來，身上有多少便賭多少，還是決心戒了賭，纔有今日的成績。

甄文達希望能有一個國際性的廚師組織

甄文達大嘆中廚散漫無組織，乏歸屬感，求其得過且過，所以近年中菜在外國每下愈況。如果中、港、台及海外在較高的層面上，有一個國際性的廚師組織，鼓勵廚子參與，共同切磋，中菜方始有望。

這真是一矢中的。甄文達久居北美，烹飪是他的專業，而且備受中外人士歡迎，自然沒有移民的情意結。香港雖是一個進步開明的社會，當食家，食評家的大有人在，但罕見有識之士肯為一己之興趣而去做廚子。做了廚子的，處在食家的筆下，變了附庸，甚難樹立個人的風格。飲食業職工會、廚師協會、酒樓茶室公會等等組織也有培訓班設立，年中造就不少飲食從業員，但如甄文達所提以切磋研究為目的的組織，似未之見。

許沛榮創作的菜式：
紗窗艷影

香港專上學院設立飲食學系及酒店管理學系的只有工專、黃克競工業學校而已。視廚藝為一門學問，肯全心全意投入的讀書人，可謂絕無僅有。科班出身的李錦聯，自從在無線示範西菜烹飪，知名度大增，忙於試食試酒，似乎走上了食家路線。在香港這種商業社會，拿筆桿永遠比拿鑊鏟神氣得多了。

去年在中國大陸和台灣都分別舉行有關飲食文化學術的研討會。北京舉行「首屆中國飲食文化國際研討會」，台北有「第二屆中國飲食文化研討會」。聽說兩個會上宣讀的學術論文太多，十分沉悶，台灣的簡直有如中國飲食文化考古學會，枯燥而欠實用。中大歷史的許倬雲、逯耀東兩位教授都有論文宣讀。到北京開會的人很多，中國政府殷勤招待；設宴，烹飪示範，食品展覽，會散後又有名勝遊覽，節目豐富。研討得些甚麼結論，一個朋友說情況混亂，自己則如入五里霧中。

　　由此可見海峽兩岸對中國飲食文化都十分重視。但飲食的學與術在目前仍然分家，身體力行的廚師，在社會上得不到應有的尊敬，以學術為本的研討會，又沒有考慮包容廚師在內。以今日中廚的質素，這些研討會絕不是為廚子間互相切磋而設的。

研討會論文集

　　由Allan Davidson主持的Oxford Circle「牛津圈子」，是一個飲食興趣團體，每年六月在倫敦舉行集會，招攬了國際間不少有志飲食之騷人雅士為會員，參加者不一定要寫論文，只要講題有興趣，便可以自由發揮，作風十分開放。

　　每年在美國，有一個國際性的飲食研討會，除了名廚、名飲食學者、營養學家、食譜作家、飲食專欄作家、食評家等踴躍參與外，還包括了酒商、食品商及烹具供應商，會場既是研討會亦是食品展銷會，氣氛十分熱鬧。與會講者依該年的主題自選副題，自由度頗大。寫了好幾本有關中國飲食的英文書、香港中文大學的賴恬昌先生，幾年前曾應邀前往洛杉磯參與這個會。起程前我們和他一起用飯，記得他要講的是中國菜的調味問題，實在比飲食考古或訓詁有趣得多了。

　　作者不是強調凡廚子都要讀大學，只想說明廚藝也是專門學術之一，並非三流九教。今日美國愈來愈多年青大學生選擇從事烹飪這一行，十分希望華裔學生也能參與學習及研究，在海外作推廣及負起弘揚中國飲食文化的艱鉅使命。

　　在香港，我希望會有更多的學子，選讀飲食這科專門

101

中華廚藝學院畢業禮

學術，則理論和實踐可以合一，廚子的地位方能提高，不必滯留在純技術的操作水平上。只怕今日的年青人沒有這個抱負罷了。

# 奢食新風

（原文寫作於1993年4月，2002年4月修訂）

　　上月好朋友蘇恩潔從倫敦來港，陪她到「富臨」飯店作客，蒙店主鮑魚王楊貫一先生親自指導，教了我們做幾樣他的拿手新作，獲益良多。近年因健康關係，甚少在飲食場所露面，殊不知香港食事，已邁向另一新領域；奢食之外，還要奢得清淡。

　　食必鮑魚燕窩，一擲數萬金，在「富臨」是常事。儘管香港飲食行業正面臨困境，但還有不少富豪新貴，藉「食得起」去表明身分者，大有人在。試觀午晚二市，「富臨」坐無虛席，足為明證。

　　我和恩潔都是在海外用英文從事中菜食譜寫作的老實人，對美食有不同的價值觀念。我總算回港生活了十四年，作料不分精粗，信手可得，在家廚中倒也煮得十分寫意，確是可豐可儉。恩潔則覺得食可以精但不一定要奢，她向一哥提議在山珍海味之外，「富臨」也應提供一些精美小菜。但「一哥」（楊貫一的外號）說，來「富臨」的人，不在乎小菜，即使菜牌有家常小菜，也沒有人要點食。

　　其實「富臨」的小菜（或者可說是小食），只是小得精而奢吧了。一哥看中了富客的心態，特地設計了好幾款非常清淡，全不油膩，尤其以官燕為主料，蛋白為配料的菜式，食客可以完全避過膽固醇及脂肪的威脅去安心享用。官燕釀蟹蓋就是用官燕、蟹肉和蛋白，釀在蟹蓋內，焗至

富臨飯店

表面金黃，好看又好吃。皇宮官燕是蛋白炒官燕。水晶炒魚翅是蛋白炒魚翅，翡翠炒水晶是銀芽、蟹肉炒蛋白。此外在湯羹內加入蛋白的也有好幾款，顯見一哥特意把傳統蛋菜中的蛋黃全部減去。

有一桌客人，大小十來個，絕無拘束地言笑晏晏，似是祖孫三代一家聚餐。留意他們吃的甚麼，倒使我和恩潔大感興趣：十六頭吉濱鮑魚，每人一隻；堆得像小山一樣高的包翅，清湯另上，每人一飯碗；一大盤油泡龍蝦球；一大尾清蒸蘇眉，起碼有三斤重；一大盤竹笙扒露筍；一隻鹽焗雞。單尾有糯米飯，水餃，自然少不了每人一飯碗的杏汁官燕。一哥說他們是香港酒店飲食業世家，是「富臨」的常客。這一席「家饌」，雖然只得幾個大菜，要四萬元過外，而這老少一家，卻像吃家常便飯，不由得不令人咋舌。難怪一哥說「富臨」的客人，斷不會嫌貴的。

從這一席菜來看，全是高蛋白、低脂肪的海味和海鮮，原汁原味，吃的人心安理得，不怕患「文明病」，是比較健康的食法。香港人迷信食補，鮑魚滋陰，燕窩養顏，但實際的營養價值有多少，關心的人不多，能如此食法的，又有幾家？這不過是一個很特別的例子而已。不過，為斟生意而在「富臨」請客以籠絡感情，主恭客讓的也大有人在。為搏情侶歡心者亦有之。總之，身分至上，價錢全不重要。

一哥製作鮑魚菜式

我們很幸運，得一哥親自一面炮製，一面講解。他的獨門法寶是個日式瓦鍋，燜、煮、炒、全用得着。這種瓦鍋，香港的日本百貨公司，都有出售，形狀、大小不一：高身的像個中式的粥煲，煲蓋有孔，宜用以煲湯煲粥；企身的可用以炆菜、打邊爐；還有一種斜身、圓底、邊闊的，是煲仔菜最佳的盛器。但在「富臨」，這種斜身的小瓦鍋，一向是作收稠鮑魚汁之用，而且多時一哥或他的得力助手會當着客人面前，用瓦鍋表演一番。據一哥說，瓦鍋好在沒有一般金屬炊具的氣味，燜煮出來的食品特別好吃。

最近一哥更多方發揮瓦鍋的用途，以鍋當鑊，用炒的形式創出一列新菜：炒飯、炒麵、炒鴿脯、炒官燕、燜上素等等，都因為有了瓦鍋，可少用油。下面兩個食譜，一飯一麵，是特別提供的，值得在家廚中試做。

## 鹹魚雞粒炒飯

這個炒飯法門，可以用最少的油而又能保持飯粒身爽，雞肉嫩，蛋香而不膩口。鹹魚要選優質霉香的方夠惹味，雞肉完全不下生粉及調味料，用炒飯的熱力焗熟而不必經泡油的工序，提味則用火腿汁。

## 作料：

絲苗白飯2碗
雞蛋2個，打散
雞腿肉½杯
蒸熟霉香鹹魚茸1湯匙 (或多些)
火腿汁¼杯
青蔥1條切粒
油4茶匙

## 做法：

1. 中火上置日式瓦鍋，鍋熱時下油搪勻鍋內，加入雞蛋液，改為中小火，以湯匙輕輕攪拌蛋液至開始稠結 (注意不能用大火，否則雞蛋過熟而失去嫩滑) 便加入白飯，繼續用湯匙炒動至飯熱，裹滿雞蛋為止。

2. 加入雞粒，不停炒動至雞粒脫生，逐匙灑下火腿汁，邊灑邊將飯炒動，最後下鹹魚茸，拌勻後試味，如覺味淡可加些生抽，下蔥花同拌便可供食。

## 金蠔炒麵

這是利用日本瓦鍋半炒半炆的做法。要挑選大隻生曬蠔豉，沖淨後不加任何味料，原隻蒸至身軟方用，珧柱亦然。麵條要用不加鹼的全蛋銀絲生麵，纔能顯出蠔豉和珧柱的真味。這個炒麵的特色是味濃、少油而不膩口。

## 作料：

不含鹼全蛋銀絲生麵4個
沙井生曬蠔豉12隻
大珧柱2個
銀芽½杯
嫩薑絲、蔥白各1湯匙
油2湯匙
水2至3湯匙

蠔油1湯匙

## 準備：

1. 蠔豉用水沖淨，置小碗內。挑柱在嫩油中一拖，置另一小碗內，同放在蒸籠中蒸約2小時至有原汁溢出。擱冷後撕碎挑柱，蠔豉原隻用。

2. 蛋麵用開水焯熟，過冷河，瀝乾水份，剪碎，約1吋長些。銀芽焯至僅熟，瀝水留用。

## 炒法：

1. 置日本瓦鍋於中火上，下油搪勻鍋內，加入麵段，以湯匙不停炒動至麵條熱透，加挑柱絲，繼續炒動使與麵條拌勻，加入蠔豉。

2. 是時鍋內之麵條開始炒乾，為防黏底，沿鍋邊逐少淋下清水，邊下邊將麵條炒動，放薑絲及葱絲在麵條中焗一會至水收乾，下蠔油調味，最後拌入銀芽上碟。

提示：不含鹼全蛋麵條，在銅鑼灣波斯富街一製麵專門店有售。麵條綑成小餅形，看來與一般雲吞麵條無殊，每個約重2安士。

## 變化：阿一炒麵

不喜食蠔豉的可以淨用挑柱，多少隨意，四、五個不等，仍以泡油後不加水分及任何調品同蒸至稔軟為最佳，撕碎可用。至於灑水的步驟，可用清水、淡雞湯、火腿汁甚或鮑魚汁俱可(灑清水下麵比較清淡，不黏口)。

# 白銀失色了

（原文寫作於1993年5月，2002年4月修訂）

　　十多年來多番提到在美國寫食譜是一件很嚴肅的工作，不似寫食經的輕鬆。作者發表了一個菜譜，往往負上無形的重擔，要等到飲食出版界接納了，纔算過關。若有甚麼差池，讀者有權向出版商投訴，輿論亦絕不肯輕易放過，而名氣越大的作者，受到的壓力也就越大。有時菜譜中只因一字之差，出版商竟要發信向讀者更正，還借助傳媒之力，昭告國人，以免因誤用作料而影響健康。（本書第84頁「一字之差」中，所提冬綠油與冬綠精之誤，便是一個很好的例子。）

　　在香港寫食譜，既吃力而又不討好。尤其作者若是個女的，還動輒被人稱為「師奶」。師奶在男性中心的飲食社會內，想找片噉飯之地，殊非易事。幸好香港人只顧吃而懶得煮，那一位食譜作者寫錯了甚麼，也少人注意，更沒有人介意，不像美國人如此慎重其事。在彼邦，畢竟家家都要燒飯，若依靠的食譜是錯的或不靈的，燒不出菜來，那是多末令人氣憤的一回事！

　　最近一位紅得發紫的食譜女將，出版了一本新書，美國輿論界竟群起而攻之，為數十年來僅見。這個故事很有趣，其實與香港無關，更無影射或說教之意。

　　事緣在七零年代末期，有兩位年輕的女士，在紐約市的旺區，共同開設了一間細小的外賣食店，美其名曰「白

銀口味 (The Silver Palate)」，供應的全是從自家廚房烹製的可口食品，甚合白領階層的口味，一時其門若市。

主廚的是絲拉盧根氏 (Sheila Lukins)，畢業於倫敦藍帶烹飪學院，在紐約開過一間上門到會的店子，有極豐富的烹飪及宴客經驗。另一位茱莉勞素 (Julie Rosso) 本是密芝根州人，大學畢業後到紐約謀發展，當過美國及歐洲時裝設計公司的廣告及推廣主管有年，但平日對飲食極有興趣，一直想着要有一門自己的生意。在機緣巧合下兩人結成莫逆，結果大家得償所願，合作開起店來。

那時正值戰後嬰兒潮出生的一代開始投身社會，也是優皮一族興起的時期，在家招請朋友飲食談天是個時尚。「白銀口味」看準了潮流，兼做中小型的酒會和晚餐，生意滔滔，盧根氏主廚務，勞素打理店中一切，兩人簡直應接不暇。如是做了兩年，已到駕輕就熟之地步，便將平日燒菜應市得來的經驗，寫成一本《白銀口味食譜》(The Silver Palate Cook Book)，時維七九年。

「白銀口味」在紐約已樹立了很好的口碑，食譜一出，大受歡迎，銷路甚佳，到八二年已賣了二十萬本。兩人再接再厲，在八五年出版第二本食譜，以補第一本的不足，同時多方著重「派對」餚點，取名為《白銀口味之好時光食譜》(The Silver Palate Good Times Cook Book)，建立了她們的「白銀」系列。這兩本食譜都是勞素為主作者，盧根氏居副，但書內所有插圖，全由後者親自描繪。到了九零年，她們的巨著《新基本功》(The New Basics) 面世，飲食界反應熱烈，認為這是扭轉美國人飲食習慣和烹調方法的一本典範。書內介紹了怎樣利用現代廚具 (諸如微波爐及食品加工機等) 及新作料，去烹製糅合美國不同民族特色的食物，同時亦保留了不少美國傳統鄉土菜。這本可說是為新一代而設的美式烹飪大全。

八二、八三年的暑假，我為了食譜的出版事宜，住在紐約，慕名去吃過「白銀口味」的輕便午餐。那是很平實的住家式食物，不覺得有何特出之處，但在紐約第五大道一帶，想找這種實實在在的食物，確也不易。她們的第一本食譜，寫得有條不紊，讀者按部就班，只要依足本子，雖然燒出來的不一定是名廚手法的超卓美食，但起碼是饒有

風味的家庭好菜，款客小點部分尤佳，個人認為極合一般大眾之用。在名廚爭相出版極盡花巧、艱澀無比而只合閱讀欣賞的食譜之際，她們的食譜果有真金白銀之義，給予讀者極大的實用價值。

九二年是她們慶祝《白銀口味食譜》四版的十週年。兩人重新修校原版，以平裝本推出。全美飲食界五十多位名人紛紛致信道賀，盡是溢美之辭。這本書雖然出版了十年，但大家都認為其實用價值一如當日，稱頌各有不同，大多譽之為家廚必備的寶鑑。

如日中大的兩位女士，不知怎地卻把店子賣了。勞素回到家鄉卡里馬蘇與母親團聚，盧根氏則潛心寫她的健康食譜，消息頓時沉寂起來。最近勞素忽然推出她的個人食譜，以清淡、低脂肪為主旨，名曰《大好食物》(Great Good Food)，但裝訂編排仍屬「白銀系列」。出版商一口氣印了二十五萬本，不久全部售罄。

可是紐約時報的飲食欄，首先發難，揭開盧素的底牌，說她收了出版商六十五萬美元的定金，不足一年便完成一本五百多頁，有八百個菜譜的大書，目的是「搶閘」，好等爭在盧根氏之前，霸佔市場。搶閘不打緊，但菜譜實在太馬虎了。其他大報的飲食作者，同樣發現勞素的菜譜有問題；要不是做不出，便是味同嚼蠟。你一言，我一語，都認為勞素不外乎舊瓶新酒，把以前的菜譜，換個低脂肪版本，凡見有用動物脂肪的地方，代以植物脂肪，用全脂奶品的，代以脫脂的，就此而已，了無實驗根據。而且有些菜譜還是東抄西襲而來。

有些人又說，出版商亦難辭其咎。通常一本食譜出版之先，出版商若依正行規，必定將作者的食譜，交由幾位知名的烹飪家抽樣試驗，過了這一關纔展開市場研究，然後逐步進行。若從立約至出版，只有一年時間，那是沒有可能的。有人又臆測，大概勞素寫了幾本膾炙人口的好書，斷不會犯大錯，出版商在絕對信任之下，於搶閘賺大錢去也。

《時事週刊》更不客氣，標題大書特書：「白銀失色了(The Silver is Tarnished)！」，意謂白銀般的聲譽有玷了。

一位記者特地試了四個菜譜，竟然沒有一個靈驗！於是引出的疑問是：「究竟勞素有沒有測試過她的食譜？」其他的烹調名家也相繼發表意見，都是貶多譽少。甚至有人落井下石，説勞素只工於推廣，根本不善烹調，以前的菜譜都是拍檔盧根氏之作，她不過執筆而已。

餘波未了。前兩天在電視的早晨節目上，看見勞素若無其事地侃侃其辭，大談她的食譜是依美國食品藥物管理部最新修訂的食物分類為原則，並大讚「食物金字塔」(參閱「珠璣小館飲食文集」《飲食健康》第45頁「新四大類」) 之好處，對大眾的指責，絕口不提。結尾時訪問者加了一句，説雖然這是一本很具爭議性的書，但美國人畢竟吃得太多肉類和非常油膩的食物，也該是改變飲食模式的時候了。

其實不單只勞素的書引起爭議，就算「新四大類」食品的分類及在日常飲食中所佔的比例，自推行以來，美國人反應不一。這種以穀物為主，儘量減少肉食及脂肪的飲食模式，不是人人能遵守，而且很多人反對把乾豆類視同禽肉、肉類、魚肉及奶品。同時每人每日要食六至十一份的穀物食品，很難做得到。

不過，由於心臟病及癌症的死亡率日增，很多醫學及營養研究報告都認為這與多食肉類及高脂肪的食物有關，美國衛生部因而勸喻國人要限制每人每日的脂肪攝入量，不可超過總熱量的三分之一。至於多少纔算是「一份」，怎樣大計算脂肪的含量，很多美國人都要重新去學。要得立竿見影之效，實在談何容易。

話又説回來，要將傳統的菜譜，演繹為低脂肪菜譜絕不是一「代」就可了之。西方食製，倚賴牛油、忌廉、雞蛋作紐絆之情況極其普遍，代以植物油、脱脂酸乳或減去蛋黃純用蛋白，成品的質地及味道一定大打折扣。提倡「清淡食製 (Lite Cuisine)」的飲食及健康雜誌，對代用品的使用非常小心，菜譜都是經過反覆試驗方行發表，讀者提供的意見亦盡量採納。現時食要清淡只是一種時尚，除非美國人肯大徹大悟，把飲食模式全部改革過來，犧牲一些口腹的享受，纔能把這健康飲食的風氣發揚光大。

理論上，香港人的食法也一點不合乎「新四大類」的原

則，雖然肉少菜多是中國膳食的特色，但燒菜時所用的油脂量實在驚人。若依足規則論匙計算，那就離標準太遠了。素食館的用油量更重，抵消了一部分素食的益處。在生活條件日漸提升之際，目前應該煞一下掣，以保日後的安全。至於女作家的是非，那是另外一回事了。明年盧根氏的清淡食譜出版時，看看美國飲食寫作界有甚麼話說。

# 新潮食德

（原文寫作於1994年2月，2002年2月修訂）

　　記得幼時用的飯碗，一邊多數繪有公雞或山水的圖畫，另一邊總是寫上「飲和食德」四個字。一向認為這就是教人要調和地飲，有德性地食的基本飲食教育，但從未查考過這句家傳戶曉的諺語所來何自，釋義為何。就算如今查遍《辭源》、《辭海》，亦只有「飲和飽德」之説而已。

　　「和」謂以愛被人，如以飲品飲之也。和字出於《莊子》——故或不言而能「和」。隋朝的牛弘為皇帝作的「飲群臣登歌」有云：「飲和飽德，恩風長扇。」而飽德者，言身荷德澤，志意充滿如食飽足也。又《詩經》「大雅‧既醉」有「既醉以酒，既飽以德，君子萬年，介爾景福。」之句。總之，今天的看法，「食德」大概一如道德、品德、公德，謂修養而有得於心也，若釋為「飲食的修養」亦未嘗不可。

　　數年前，香港《大成》雜誌總編輯沈葦窗先生贈我他的大作《食德新譜》，當時一口氣讀完，覺得這真是一本好書，內容極其豐富，精細如魚翅鮑魚，平常至果蔬野菜，寫來趣味盎然，有根有據，追本溯源，每種食物都從傳統的食療裨益説到近代的營養價值，叫人知所依歸。他的「譜」，不是一般的食譜，而是指出一道菜的正當做法又或在處理不得法時的後果。沈先生是上海人，書中多有提及地道的上海菜，使我這個老廣東獲益不淺。他説的「食德」顯然是他在飲食上的修養及心得了。

香港《成報》有「七家食德」一欄，由七位名食家輪流執筆，說的多是自七十年代末期以來的香港食事。時值香港旅遊業及經濟起飛，飲食業空蓬勃，加上不斷與中國及西方廚子作技術的交流，香港的飲食發展奇速，七家筆下的文章也就極其多采多姿了。讀之不由得不羨慕這幾位大家的口福，也感嘆一般香港人吃得太「絕」，幾曾有人考慮及「食德」這回事！

　　在這十年間，香港人看到了新派粵菜的盛衰，奢食的氾濫，快餐的抬頭，物質的豐裕使人日離食德，加上九七大限將至，今朝不吃個痛快更待何時的不健康心態瀰漫着整個社會。這兩三年，自鄧大人南下，力主經濟改革後，中國成了世人共爭的一個巨大市場，商政間之酬酢日加頻密，飲饌乃成了達到目的之最有效手段。一兩萬元的酒席簡直視為等閒，一連開三瓶路易十三干邑的大有人在。

　　我的學生廖樂怡，剛隨美國費利民教授到過中國幾個大城市考察經濟，她是香港大學張五常教授夫人的誼妹，受到禮遇自不待言。她回美後打電話來大叫大嚷，說有一頓飯竟然要他們一行人花去四萬多元人民幣，真是吃不下。樂怡在美國生活了數十年，積極勤奮，且又燒得一手好菜，難怪她心中有氣。聽來似乎奢食風氣不止散佈在深圳特區及廣東各大城鎮，內陸亦然。如此食法，何嘗顧及「食德」！

　　美國有一部分人近年也大談食德，不過涵義微有不同，指的卻是飲食道德。美國得天獨厚，地大物博，人民不虞匱乏，從未嘗過一飲一食得來不易之苦。這些年頭非洲的饑饉，南斯拉夫內戰引起的缺糧，困擾了好些悲天憫人之士，大家都感到要在「食」這方面加以節制，不要再像以前只知大塊肉地拼命去吃了。

　　另一方面，美國人患心臟病及癌病的人數有急劇上升的趨勢，多項研究報告均認為與食用過量的脂肪有關。九一年美國「食品藥物管理局」卒於不顧肉商及奶品商的多方阻撓，推翻以前把食物分為四大類（肉類、奶品，果蔬，穀麥）三分天下（肉類和奶品合算）的局面，改成金字塔式：以穀麥為基層；果蔬為第二層；肉類、奶品、雞蛋、魚肉、禽類、乾果為第三層；脂肪、甜品在最頂，層次愈

飲食金字塔

113

高，佔的比例愈小。政府的目的是要喚起國人注意健康，把飲食模式改變，多食穀麥蔬果，少食肉類，而脂肪的攝入量應維持在攝入總熱量之百分三十以下；其中飽和脂肪只能佔脂肪總量之一成。政府又對所有加工食物包裝上的標籤嚴加管制，規定食物製造商列明該食物每一人份所含各項養分及所佔每日最低養分限額的百分比，藉以杜絕製造商掛羊頭賣狗肉的誤導行為，也好叫國人知道吃下的是甚麼。

美國農業部亦大量印發推廣金字塔飲食模式的單張。電台、電視網絡屢有專題節目介紹。報章的飲食欄及健康雜誌經常有專文教人調配食物以迎合新的標準。甚至各大超級市場亦有宣傳單張派送。只要肯留心，要獲得正確的資料一點不難。而電視的烹飪示範節目也偏重低脂肪的食製，若因有必要而多用了一點飽和脂肪(如牛油、煙肉，肥肉等)，就等如知法犯法般而頻加道歉，做甜品時則有如罪孽滿身，連叫罪過不已。

美國人自小亂吃肉類、奶品，尤好甜食而不肯吃蔬菜。長大以後很多人都有體重的問題，誇張點來說，幾乎八成以上的成年美國人都可以歸入過重這一類。如所週知，身體過重，脂肪過多，使心臟負荷增加，容易誘發心臟病、中風、血壓高、糖尿等等所謂「文明病」。有些人不只過胖而是癡肥，體形固然巨碩，舉止更見遲鈍，因而被老板解雇的例子也不少。因為肥胖會損及個人形像，美國人或多或少都實行不同方式的減肥；最極端的直接參加減肥計劃，一日三頓飯在減肥中心進食，被動地接受管制；較溫和的自動節食，「減」一些，「戒」一些，「避」一些。說得輕鬆點，人人「戒避」森嚴，見「脂」色變！當然光是節食去減肥也不成，運動也是十分重要的。

對飲食如此關注，算不算是新的「食德」？

這種由政府帶頭，醫藥衛生機構及傳媒一致響應的飲食改革運動，引起了大部分中等以上的家庭自行檢討。但一部分入息僅夠生活開支的家庭，依然沒有當真把飲食模式改變。不過，依據近二、三十年美國人口的組成來看，因為生活質素的提升，醫藥科技的進步，平均壽命日見延長，老人的數目比前增多了，而在戰後嬰兒潮出生的一代

正在盛年，這都是特別注意飲食健康的兩輩，換句話說，他們是飲食改革的中堅份子，支持「清淡飲食」不遺餘力。

有了這麼的兩輩，社會上出現了一個新潮流，人人都理直氣壯地去節食，管它為了國民健康也好，為了一己的利益也好，不節食、不戒避的便不夠文明，於是動輒昭告親朋自己的飲食品德。其實組成複雜的美國人中，正教猶太人飲食戒條最嚴，回教徒戒豬肉，佛教徒戒殺生，印度教徒戒牛肉……已夠他們戒的了，再加上一群不食肉的素食者和因健康問題而避食某類食物的，你戒我避，清淡之風吹遍這塊美麗大地。

時屆佳節，正是與親朋共聚的好機會。要請客的，多趁着假期大大的慶況一番，不謀而合地，幾位賣宮的飲食界知名人士分別為文感嘆如今食德淪喪之苦，正是賢主易為，嘉賓難覓。因為客人都有恃無恐，絕不拘禮，毫無保留，單刀直入把自己的戒避告訴主人，意下大有你既然請我了，不妨坦白說明，等你好早作準備。這下真的難為了主人，有人不食肉；有人不能消化乳醣；有人不食魚；有人不食貝類海鮮；有人對食物添加劑敏感；有人更直截了當地說：「你早就知道我是不食味精的。」這麼一來，主人還有甚麼自由選擇菜單的餘地呢？

難怪素喜作東的飲食專欄作家石園先生（Jeffrey Steingarten）也說近年越來越少請客了。他覺得客人堂堂正正挾着這種左戒右避的要求而來，迫使做主人的面面為難，如不想難為自己，唯有消極放棄，樂得清靜。他認為自太古以來，以飲食為中心的社交關係正在面臨沒落的悲運，一些標榜健康飲食的雜誌過於誇大，實難辭其咎。

讀完這幾位飲食作家的文章，心中既怨且愧。怨自己身體不爭氣，偏對味精極度敏感，食後哮喘發作，頭痛水腫，而愧無兩全其美、既不難為主人，也不苟待自己的善法。這麼多年來，對新交朋友的邀請，一定說明原委，先表心領，再請求諒外了單獨赴席，点不致負上反社交的罪名。相熟的朋友大家都知我苦處，總會盡量包容，為此心中常耿耿不安。個人折衷的辦法是：對於存有戒心的中菜，能用熱水洗去調味品的便先洗而後食，早已加味的便不食，湯羹（魚翅燕窩一視同仁）則絕不敢問津了。至於吃

公事飯哩，只好硬着頭皮，左閃右避，大有捨命陪君子之概。固然，香港還有幾家高檔中菜館聲明不用味精而絕對可靠的，做客人的又怎敢要主人特別如此花費！雖然到主人家中用一杯清茶或一頓家常便飯也可聯絡感情，但上門打擾，應如何啟齒？賢主果然難為，佳客亦不易做也。

　　是則古人所謂之「四美、二難(良辰、美景、賞心、樂事為四美；賢主、嘉賓為二難)」，在今日的潮流下，便要重行評價了。賢主該有，劣客亦不應縱容，正常飲食社交關係方能延續。

# 畢業禮

（原文寫作於1994年10月，2002年4月修訂）

等待領受文憑的沈怡達

## 意義特殊的畢業禮

昨天是沈怡達的畢業禮，我和外子被邀參加。我們生活在香港中文大學十多年，參與過無數的畢業典禮，無非例行公事，但此次的不僅別開生面，而且意義特殊，值得一記。

沈怡達是我學生楊世芬的長女。她父親沈大陸是個成功的牙醫，祖父沈熙瑞是前香港匯豐銀行的華人經理。自幼在溫室中長大的怡達，品性馴良，和藹樂天，平易近人，不沾半點富家子弟的習氣。跟這位滿臉笑靨的小姑娘在一起，就像沐在春天的陽光裏。

大學三年級時，她回到北京大學唸書，親身體驗中國學生的刻苦生活。從加州大學聖告魯士分校社會系畢業後，她在父親投資的銀行工作了一陣子，很不開心。轉去一家電子機構，做了一年多，覺得工作既刻板而乏挑戰，索性把職位辭去。剛巧她父親買下一家包辦西式酒會和宴會的店子，順理成章，怡達便把業務接下來了。

怡達自小喜歡下廚。媽媽燒得一手好菜，下課後母女常在廚中分工合作，耳濡目染，紮下了很好的中菜烹調根基，加上怡達平日喜翻飲食雜誌和食譜，對燒西菜也有相當的經驗。自她接管店子以來，樣事親力親為，只要抽得出時間，她定隨隊出發，部署指揮一切。經她不斷的改善

和監管，店務蒸蒸日上，家人以為這只是個過渡時期，生意一上了軌道，怡達便會功成身退，再行深造或另找較理想的工作。殊不知怡達對烹調的興趣日加濃厚，志在百尺竿頭更進一步，包辦店子千篇一律的菜式，顯然已無法滿足怡達對飲食學問與藝術的探求。父母勸她到全國知名的康奈爾大學攻讀飲食管理學碩士，但怡達意不在管而在煮，不為所動。

一天，怡達對父母表示，這幾年她省下了一點錢，足夠支持她入讀位於三藩市的加州飲食學院 (California Culinary Academy，簡稱CCA)，接受為期十六個月的職業廚師學位課程，學成後可以當廚師、烹飪教師、或從事與飲食有關的行業。父母對她的決定十分擔心，以廚師生涯太苦，女兒嬌生慣養，怎耐得起長時間在廚房內的體力勞動，而且以烹調為消閒則可，若視之為一門學問，則尚非其時。雖然今日不少受了大學教育的人，放棄所學，轉而加入廚師的行列，其中成績顯赫的，甚至名揚全國，儼然天皇巨星。不過身為父母的，那會贊成女兒捨正道而弗由！

我學生之中，以世芬對下廚最有興趣，其他同學都不再燒飯請客，獨世芬堅持到底，日常飲食，不論中西皆不假外求。我和她雖差了一個世代，但兩家來往最密。從言談間我和外子都感到怡達對烹事完全着迷，一談起飲食，精神奕奕，眼中頓時閃起亮光，便知道她絕不是一時衝動，而是全心全意要把這門學問做好。多時我們有意無意地為怡達美言幾句，做父親的成見依然。

左起：沈怡達、江獻珠、怡達外婆及父親

加州飲食學院是現時美國兩大飲食學院之一，標榜現代化的傳統美食，與紐約州的美國飲食學院 (Culinary Institute of America，簡稱CIA) 齊名，是帶動加州飲食新潮流的大本營。自一九七七年建校至今，已有六十一屆的畢業生共三千多人，在不同的飲食行業中各展所長，發揚及推廣飲食文化。除了提供基本及高級烹調技術及餅食麵包製作課程外，學院尚設立其他課程諸如餐酒學、成本、管理、營養及衛生等近一百科目，構成非常強勁的完整課程，俾學員能獲得全面的技術和學識。

要接受廚師訓練的確不易。不論背景，不管你是已有

十多年經驗的現任廚師，所有學員入學初期一律要從頭做起。開宗明義第一章便是清理廚房內務，洗洗擦擦的去維持廚房衛生。跟着纔是刀章、屠宰、汁液、熬湯等等⋯⋯一連串的主、副修科目。學院設有實驗餐室，是學員實習的場所，接待、侍餐、侍酒是必修，缺一不可。此外學員還要到有名氣的餐室見習，課程纔算完成。

初期的課程比較沉悶，全是基本功，很多學生耐不住，半途而廢，怡達卻捱過去了。到慢慢可選些難度高的科目時，怡達簡直完全投入，一說到燒菜試酒便眉飛色舞。有甚麼公開烹飪比賽她必參加，得過幾個獎(包括李錦記的大獎)。到見習的時候，我安排她會見食評家馬朗先生，得他引薦入三藩市文華酒店的「Silks」餐室，兩星期後，主廚還對怡達讚不絕口哩！我和外子對怡達的期望，絕不下於她的父母，她對飲食的熱愛、專注和耐勞，連我也自愧不如。

喜見怡達畢業。當畢業生魚貫入禮堂時，個個喜氣洋洋，六十個同學平日同廚煮飯，絕非各自修行，簡直是合群的夥伴。畢業生中有些年紀頗大，想是美國經濟不景中尋找轉業機會的一輩。我不知道其中有多少個像怡達一樣的大學生，在我看來他們都歡天喜地，以自己終能練就十八般武藝，闖出「少林寺」而自豪。

應屆畢業生聽導師訓話

怡達成績優異，被選為應屆「最佳學生(student of the year)」，惜平均分數得3.94(4分為滿分)以0.03分之差落敗於來自菲律賓的另一中國女學生手上，屈居第二名。她父親怪自己曾強怡達曠課回家參加祖父母的結婚六十週年紀念，累她失去最高的榮譽。我們看見父親眼中的淚，知道他過去對這門學問的偏見已有所改觀。

## 每個廚師都是教育家

演講者為行政主廚兼美食教育總監羅賓納德(J.W. Robinette)，講題為「每個廚師都是教育家」，講辭內容大致說：

「廚師和廚藝教育家聽來有很大分別，其實是二而一，兩者均負起教育的責任，不同之處只在受學人數的多

寡而已。兩方面都擔當管理廚房與工作隊伍的任務；對最後的出產品負責；認同廚藝專家建立的標準；更要將自身的廚藝和知識灌輸給學生，而在這一方面，廚師的任務並不遜於廚藝教育家。

「從學徒出身至廚師總管而至踏上教育之路，就個人的經驗，我發覺所有的廚師既是一個力行者亦是一個教育家。不論是學生或同工，他們都以你為典範，向你學習。作為廚房隊伍的領袖，他們仰望你的領導、智慧和技術，因此你就是他們的教育家了。廚師在日常規律性的操作，已是壓力重重，更有不少意外亟需隨機應變，粗看起來似乎沒有教學的餘地，其實不然，學生會依循你的榜樣和接受你的教導。

「榜樣是非常重要的。記着這一金句：『教師以身作則，比講課教得更多』。作為廚師，你的所作所為都是榜樣。如果你回想一下，今日的你，是否由於過去不同的導師給你不同的薰陶所塑造出來的？明白了便可知道你在學生學習過程中的地位，而你也要像你的導師們去樹立起一個好的榜樣。

「如果你是一個好的導師，你的學生會學到良好的操作習慣、職業道德，敬愛自己的成品。此外一個導師還要具有其他教學上的條件；先去創造一個學風，發展你的廚房成為一所充滿互敬互愛、協調合作、富建設能力的地方。讓你的學生知道他們是一個合群的整體，他們的貢獻不下於人，而他們的表現受到認同。甚至偶然的失誤，是學習必經之途，前事不忘，後事之師。尊敬他們的成就如同尊敬你的成品一樣。讓他們了解廚房內每一分子都是同等重要，不分彼此。他們的長進要得到稱譽。偶有小過是可以接納的，只要他們不斷學習。

「建立了一個豐盛的學習環境及樹立了好的榜樣後，你便可以花多點時間在教導上了。你們要經常示範新的技巧，選用不同的作料及食品，適應特別的需要諸如低脂、低鈉、低糖的烹調法，這些都應納入你日常的操作程序內。

「最後，總結上面的話，獻給你們一個成功的教學食

譜 (RECIPE)。

## 作料：

Respect (尊敬) —— 尊敬個人，食物及行業。

Ethics (品德) —— 以身作則發揚職業道德及精神。

Consistency (貫徹) —— 教學法要一貫始終。

Instructional feedback (反饋) —— 每日評估操作，給予反饋以助學員成長及改進。

Patience (忍耐) —— 要不斷的體驗方能成為專業廚師，不要指望你的學生會一夜成功。你的耐心及他們的實習結果會得到所需的技巧。

Example (榜樣) —— 樹立榜樣，學生自然知所依從。

酒會食物

## 做法：

調勻所有作料，加一點恆心，一撮幽默，你的獎品便是有一個高技術和多產的廚房隊伍，增加你作業上的資產和聲望。

恩師一席話，語重心長。在這種學習環境長成的畢業生，行將散佈在美國的食壇上，各發異采。近十年來美國的飲食業，經歷到前此未有的大覺醒，穩步地樹立起獨特的風格，不讓法國菜專美於前，想與具創建性及有進取的人才，不斷流入飲食界有莫大的關係。

禮成後有酒會。早一天六十個同學通力合作，親自準備好會場及餐飲。小食極其精緻，五光十色。幾種烤肉都恰到好處。食物的水準奇高，不因賓客人數眾多而稍有差池，正是敬業樂業的最佳表現。下一屆的同學則負責招待，酒水食物頻頻送到，五百多個來賓都能坐下來，優悠地品嘗美食。一時觥籌交錯，擁抱祝賀，飲食喜樂表露無遺。心中極其感動，要是年輕二十歲，我也會重頭做起。

前一陣子和灣區中菜研究會的人聚在一起，大家談到最近中菜業在美國遭遇到的問題，不約而同地一眾認為中

廚的質素日降，全靠外援人才，在同業競爭日趨白熱化，互相挖角，亂似一團糟之際，東主自顧尚且不暇，何暇顧及本業的盛衰褒貶。況且本地沒有一所訓練專業中菜廚師的機構，不能造就高質素的廚師，空靠外來供應，而廚師往往語言不通，圈子狹小，固不能在異域取彼之長補己之短，創新求變，甚至不能與顧客交通，卻自以為是，無意進取，亦無心放眼四海，開拓視野。加上廚師的流動率大，難有健全的組織，去共同研究改革的對策。參加了怡達的畢業禮，感慨更多，何時中國的青年，肯認同廚藝為一門正統的學問而參與學習行列，注入新的動力，方能挽救中國菜的頹勢。

後記 (一)：完稿時知道怡達剛獲得由Sodexho公司贊助的Paul Bocuse獎學金，到法國里昂的廚藝及酒店管理學院 (School of Culinary & Hoteling) 進修，誠祝怡達前程無量。

後記 (二)：怡達從法國學成回美後，當過不同的與飲食行業有關的職位，最新的動向是受聘為加州柏克萊大學正校的膳食策劃人，曾代表學校參加多次公開比賽，獲得不少獎項。

# 自學與受教

寫作於2002年5月3日，為與中華廚藝學院第一屆畢業學員之談話稿

黃偉中先生要我向各位說幾句，以自學烹飪教師身分，我禁不住要說：「我萬分羨慕你們！」我羨慕你們有機會在這所環境幽美，設備一流，師資優良，組織嚴密的廚藝學府接受正式的訓練。雖然二十年來我的專業是烹飪教育，在美國大學的營養系教中國烹飪，和從事食譜及飲食文章的寫作，出版的中菜食譜已有六種，但是我每每引為憾事的，是我缺乏了正規的廚藝訓練。

我生於廣州一個顯赫的飲食世家，先祖父江孔殷太史，精研美食，譽遍華南。我自小便吃過不少珍饈百味，但家規甚嚴，小孩例不准進廚房，所以不知下廚是怎麼樣的一回事。成年後在社會工作，更無時間下廚。到留學美國時，迫得自己學煮，煮的都是簡單的飯菜，只求果腹，不問其他。我真正學燒飯時已經四十歲，如果我那時像你們那麼幸運，能夠到廚藝學院進修，也不致後來要經歷漫長時間的自學階段了。

先母患肺癌，放射治療後胃口全失。為想引起她的食慾，我開始學做一些較精美的菜式，但苦無門路，那時是六零年代末期，食譜並不普遍，手上只有一本陳榮的「入廚三十年」和特級校對(陳夢因)幾本殘破的「食經」。一本是文字極其粗糙、分量不準確，但資料豐富的食譜，另一本是只有故事性的食經，但兩者合併使用，互補長短，不斷

試驗，失敗再試，越試興趣越濃，再加上自己對某一道菜的口味記憶，終於能破萬難，做出先母心愛的食物來。

到先母去世，我立即投身美國抗癌會當義工，義務教授中國菜，又與學生合作，四出上門到會中式傳統筵席，經驗和信心大增。適逢我家所在地的聖荷西加州州立大學要找一位中國烹飪老師，我僥倖被錄用，因我有碩士以上的學歷，雖然營養學不是我的本門，但校方為我申請了「廚藝(Food arts)」教師執照，正式開始進入烹飪學術的門牆。

那時加州推行文化多元化計劃，在職的中學教師都要增修八個學分的多元文化課程，我和張蘊禮博士合教的「中國飲膳計劃」是課程的一部分，來修讀的教師很多。他們都有碩士的學歷，都有教家政科的經驗，而我這個「老師的老師」雖可以自修營養學，卻沒有正統的烹飪學問，感到的心虛和膽怯，是你們可以想像的。

美國的家政實驗室，都有一定的標準，每一所實驗室，大小可能不同，但在設備與廚具上，是全國標準化的。我從家庭廚房，進入標準教室，手足無措，幸而學生都是老師，我教他們燒中菜，他們教我如何利用烹飪教室，甚麼廚具應放在甚麼地方，課罷應如何清理以待下一課的老師使用等等。每一天學一點點，得他們諄諄善誘，我漸上軌道，繼而駕輕就熟。

教家政老師燒中菜，真不易。中國人自認中菜烹調是藝術而不是科學，常以「理所當然」的心態處之，不作解釋，也不執着於分量和火候。但做美國烹飪老師的，原理與實踐要並重，我示範時偶一疏忽，下了作料而沒有清楚言明，堂下學生立即大聲發問：「鹽多少茶匙？溫度有多高？甚麼時候加熱？甚麼時候降溫？為甚麼要這樣做？」纔知道教烹飪原來是一絲不苟的嚴肅學問。

學期一開始，便要發給學生全學期的課程大綱，每一課實習，都要派食譜。這是一個難關，我這些學生，早已慣寫食譜，我絕不能馬虎從事，每一步驟，都要與示範配合，若有錯漏，學生一定可以找出破綻，提出疑問。這樣除了教，我還有機會學，教學相長。我向他們不斷學習，數年下來，我已是一個很有經驗的烹飪老師了。我早已忘

卻自學摸索之苦，歡天喜地享受教人及受教之樂。美國學生同時也嘗到新的，有時甚至想像不到的美味，而且自己也做得出來；有天份的更會創出新的配搭。他們更鼓勵我把講義整理編成食譜，經過不少困難，我的第一本食譜得以在紐約出版。

受了美國家政老師的影響，我寫食譜時力求清晰，先後有序，使人人能依譜實行，萬無一失。因為當時學生們不吝與我分享他們的教學經驗，我也不恥下問，這種特別的交流，塑造成今日的我。

那你們便可明白為甚麼我要羨慕你們了。

你們將要畢業，這並不說明到此為止。在你們前面還有不同的發展道路，你們可以就業或深造，但最主要的還是要堅守自己的理想，保持並發展自己的興趣，在職業或學業上精益求精，永不言倦。廚師的生涯苦，要走的路長，畢業只是就業的前奏，起步艱難。希望大家不要因為開始的職位不符期望便氣餒，你們該引以自豪，循序漸進，不斷提升自己，多參與公開烹飪比賽，向資深的廚師請教，與同學互相切磋，工餘多閱讀各種飲食讀物，以廣見識，自然今天的你，必勝於昨天的你。

香港雖是個國際大都會，但港人對廚師這一行業並未能給予開明的認同，你們是一隊裝備齊全的先鋒，是後來同學的好榜樣，希望你們珍惜在學校每一時刻，把良好的專業精神帶到社會，繼續發揚光大。

很多年前我參加了在三藩市加州廚藝學院攻讀的一個後輩的畢業禮，寫了「畢業禮」一文，登載在香港《飲食世界》雜誌。現謹送給你們作為畢業禮物。至於這位醉心廚藝的女孩子的故事結尾，告訴你們，她獲得獎學金到法國里昂深造廚藝及酒店管理，學成回美國後到以前她當過實習生的文華酒店餐室服務。她深明要當正式廚師，學歷固然有幫助，但仍得依照行規　一步一步晉升，不能一飛沖天。她的第一份工作是燒客房早餐，做了半年，改燒客房晚餐，又半年，方纔「埋爐」主理餐室燒烤，離助理廚師之位尚遠，但她仍然敬業樂業，絕不因職位低微而氣餒。結婚生子後，改調管理職務，她說只要能分身，她要繼續煮下去。

# 淺談度量衡

(原文寫作於1995年2月，2002年4月修訂)

　　秦始皇統一天下，不但「車同軌，書同文」，而且在登基二十六年時統一了整個中國的度量衡制度，制定長短、大小及重量的標準。丞相李斯在琅邪台刻石上書：「普天之下，摶心揖志 (專心集志)，器械一量，同書文字」。可見在二千多年前的統治階級已知共同標準的重要。可是經過了如此長期的變遷，原來的制度今已面目模糊，在實用上已失去價值，只堪作史家的研究資料而已。

## 香港人夾在幾種度量衡之間

　　把時空拉近，從廿世紀這一代來看，香港人一直夾在幾種度量衡制度之間，不中不西，不英不美。舊的掉不去，新的又難以接受，結果約例俗成，多制齊施，狀態至為混亂。

　　小時候在廣州長大，米店是用升為量器；十合為一升，十升為一斗，十斗 (後改為五斗) 為一斛。因此朝夕為三餐飯奔馳的一族，就是所謂「升斗小民」了。重量是用司馬秤，十六兩為一斤，百斤為一擔，一兩有十錢，一錢有十分，一分有十厘。長度是用尺，一丈有十尺，一尺有十寸，一寸有十分，小學生無不琅琅上口，算術課程也。

　　及逃難香港，度量衡有了不同的標準，算術課於是變得十分麻煩，因為要學英國的度量衡，換算時還得牢記單

位。長度比較簡單，記住哩、碼、呎、吋便可，不過有時在碼和哩之間那些甚麼桿 (pole)、鏈 (chain)、化郎 (furlong) 等等不常用的長度單位，夠使中小學生頭痛的了。

重量單位更加複雜。對於磅制，根本香港人日常只知有磅和安士 (還有四分之一磅，俗稱一個骨) 而已，而較大的重量如噸和擔 (hundrerd weight) 也有長、短之分。升斗小民真懶得去管，買菜時還是用司馬秤計算，只有買洋貨時方用磅。百多年來中英兩制也就共存共用，但七、八年前港府大力推行十進萬國公制後，香港人又得重新去適應。

中世紀歐洲小國林立，相互毗鄰，各國都有各自的度量衡制度，一離國境便得採用他國的制度，殊屬不便。拿破崙不能忍受這種分歧，乃延請一群專家，研究出一個易於計算的十進制度，在法國本土內推行。及囊括歐洲後，十進制被帶到各個被征服國家，取代了歐洲大陸以往雜亂無章的情況，開始有一個公認的標準，獨英國遲遲不肯採用。現時歐洲所有國家都實行十進制，英國結果在二次大戰後不得不跟隨。作為英國屬土的香港，卻拖到近年方慢慢加以採用，但仍非全面性的。

早期的美國移民，大部分來自英國，當然用的是英制，雖然偶有改動，但英美兩制除加侖與夸脫外，無大差別。美國比較倔強，到現在仍不肯全部採用公制，一般的交易仍以英制為主。但大勢所趨，也得逐步跟從，好像重量，從最新施行的標籤制度可見到每一人份及營養成分是以克為單位，藥物的重量和容量則早已行公制，市上的制度也有兩種：英美制與公制的。相信只要美國政府大力推動，實行全面公制指日可待。

中國大陸用的是市制，而市制是從公制演繹而來。一千克 (1000克) 有二市斤 (每市斤為500克)，一市斤有十兩，一兩有十錢，之下是分和厘，都是十進的。長度以市尺及市里為單位，以一米合三市尺計，而一公里 (1000米) 則等於2市里。容量以立方市尺及市刋為單位，　公升與一市升相等。

與香港人有關的度量衡制度如此複雜，是否有統一使用之必要？為何香港政府早幾年開始推行公制時竟會引起

傳媒之騷動？其實在知識分子的層面上，大家都同意公制比較易於計算，而且世界各國大都實行公制，有了一統的度量衡制度，無論到了那裏，也不用入鄉問俗。

就讓我們舉個例子。當港人在大陸買「一斤」豬肉，定會發現這「一斤」比香港的「一斤」豬肉為少，無他，市秤與司馬秤有別也。以克計算，一市斤有500克，一司馬斤有625克，相差125克，足足是四安士。問題出在中港雙方都叫做「斤」，致生混淆。但香港的普羅大眾用慣了司馬秤，就算街市現時一律用台秤，也只有司馬秤和磅的重量劃分，若再多加公制，肯定要經過一段頗長的教育方能普及。在多制紛紜之中，喜見近來在一些超級市場內，貨物重量已用公制，並換算磅值，市民若慢慢習慣了『克』的觀念，便不會再問究竟100克是多少兩。可幸「市斤」之風尚未吹到，否則四制交煎之下，香港人定苦不堪言。

## 食譜度量衡的標準各家各制

在食譜的範疇下情況更為紛亂，編寫食譜的，每隨個人的習慣去選擇度量衡的標準，各家各制，萬花齊放，令讀者茫然不知所從。一旦馮京作馬涼，以市斤作司馬斤，則茲事體大矣。筆者從手上收集的一部分中文食譜，依出版年份作一簡單的調查，約略可以見到其中的梗概。

陳榮用司馬制，重量及容量均以斤兩錢分計算。無比石油食譜重量用磅，容量用量杯及量匙。趙振羨與陳榮同。譚國梅食譜重量及容量以司馬斤兩與磅同時使用。不同家政中心的食譜，重量有以磅制為主折合公制，亦有以司馬斤為主換算磅值，近年則多以公制(克)為主，換算安士或磅。容量用克、量杯和量匙，比較統一。

電視烹飪節目主持人方太、李太重量用司馬斤(想係方便主婦上市場採購之故)，容量有時用量杯，有時用安士。李錦聯重量用克並換算安士，容量時用量杯，時用毫升。台灣味全食譜重量用公制，容量用量杯及量匙。廣州羅坤點心食譜重量及容量俱用克並換算市制斤兩。

以上不過是在較為流行的食譜中挑選出來的例子，坊間之中國食譜，尤其是編撰成書的，因為資料來自四面八

方，度量衡制度參差不齊。一些觀賞性的食譜，重圖輕量，更談不上甚麼制度了。獨香港煤氣公司在一九七八年出版之英文中菜食譜，編校非常嚴緊，全書所採度量衡，貫徹始終，公制為主，換算磅制，書後並有詳細之換算表。迄今二十多年，中菜食譜無以出其右，筆者曾多次鄭重推薦。

## 美麗的誤會

拙作《中國點心製作圖解》終於在九四年十一月由香港萬里機構出版。所採度量衡制度，係依香港教育司署家政科定出的標準：重量以公制(克)為主，換算磅制(磅、安士)；容量用量杯及量匙；長度以1英寸折合2.5公分換算，在「常用點心工具」一章，「量器」一節內採用台秤、量杯及量匙。為方便讀者使用，液量和乾量都用不同的量杯。全書自始至終，依此標準。

書出版後不幾天，我陪同外子從美返香港中文大學聯合書院講授通識教育。一位十分熱心的讀者，輾轉托人向我傳達訊息，說我書內「發麵與包了」一章的食譜，全部不靈。這有如晴天霹靂，真是措手不及。這位讀者也是行內中人，現任烹飪學校教師，而且不久將移民他邦開設中國廚藝學校。蒙他垂注，擬採用拙作為點心課的教材，因此把食譜發給一些剛出道的點心師傅實驗而得此結果。經與這位讀者聯絡詢問實情，原來點心師傅平日用秤不用量杯，只知一杯水有八(液)安士，四杯麵粉顯然便是兩磅了。殊不知水與麵粉比重不同，液量與乾量有別，一杯的麵粉只重五安士左右，若以八安士計算，一杯麵粉的差額便是三安士，如此計算，書內食譜焉能準確！經解釋明白之後，一場美麗的誤會就此輕易化解。

在今日港人重食不重做的風氣下，讀者的回饋，實在非常難得。多時作者畫地自限，少不免流於主觀，難以衝出框框之外易地而處，無法想像簡單如量杯，在點心製作來看，是一件標準的工具，而身為烹飪教師的作者，理所當然地沒有顧及傳統點心製作的工作環境和習慣，致產生如此誤會，疏忽之處，實該加以檢討。如果作者(指我)能在「點心製作常用工具」有關量器一節中稍加說明液體容量一杯應為(液)8安士(250毫克)，而固體或乾物的一杯容量

《中國點心製作圖解》
其中兩頁內文

則要視所量之物料方能量出其相對重量。因此英美的烹調容量必用量杯，既快捷而準確，不比用秤時還要減去盛器的重量方得淨量的麻煩。又在拙作之「發麵與包子」一章中，應説明一下量麵粉的方法；只要手拿平口量杯往麵粉堆中一挖，盛滿了，用平口刀背刮平便算是一杯。不過，如果讀者不去細讀説明章節，作者就算如何小心，也是無能為力的。

　　寫這篇稿，只是補充一下而已，希望得到讀者更多的回應。現將公制和英制的量和衡換算表（長度在食譜甚少使用，從略。）簡列如下：

| 英磅 | 克（約數） | 克（實重） |
|---|---|---|
| ¼磅 | 115克 | （113.4克） |
| ½磅 | 225克 | （226.8克） |
| ¾磅 | 340克 | （340.22克） |
| 1 磅 | 450克 | （453.6克） |
| 1¼磅 | 565克 | （566.9克） |
| 1½磅 | 675克 | （680.4克） |
| 1¾磅 | 800克 | （794克） |
| 2 磅 | 900克 | （908克） |
| 2½磅 | 1125克 | （1134克） |
| 3 磅 | 1350克 | （1360克） |
| 3½磅 | 1500克 | （1588克） |
| 4 磅 | 1800克 | （1814克） |
| 4½磅 | 2仟克 | （2041克） |
| 5 磅 | 2¼仟克 | （2268克） |

| 乾粉量 | 安士 | 克（約數） |
|---|---|---|
| 1 湯匙 | ¼安士 | 7½克 |
| ¼杯（4湯匙） | 1¼安士 | 35克 |
| ⅓杯（5湯匙） | 1½安士 | 50克 |
| ½杯 | 2½安士 | 70克 |
| ⅔杯 | 3¼安士 | 100克 |
| ¾杯 | 3½安士 | 105克 |
| 1 杯 | 5 安士 | 140克 |
| 1¼杯 | 6 安士 | 175克 |
| 1⅓杯 | 6½安士 | 190克 |
| 1½杯 | 7½安士 | 215克 |
| 2 杯 | 10 安士 | 285克 |
| 3½杯 | 16安士（1磅） | 454克 |
| 3¾杯 | 17½安士 | 500克 |

# 日本菜在法國的橋頭堡
## ——辻廚師專科學校

(原文寫作於1998年4月,2002年4月修訂)

美國三藩市日本國家廣播電視台每星期六晚播出一個長達一小時,極受中外人士歡迎,名「料理之鐵人」的烹飪比賽節目。比賽場地分主客兩方,每方各佔一設備完善開放式現代化廚房。主方有四位名廚,分日本菜、法國菜、意大利菜及中國菜四個範疇,長駐任客方挑選其中一位應戰。這個節目起碼已有三年以上的歷史,我們發現它時已踏入第二年,失去了不少欣賞的機會。

這個節目的精采處不只展現美食的視覺享受,同時在烹調技術、傳統及先進烹具、環球奇珍食品、精緻器皿都一覽無遺,觀眾的視野和見識都因而得以擴大。最引人入勝的是在一小時時限之內,雙方在沉重壓力下,竭盡所能去發揮個人的創意,充分利用一種事前不公佈的特定作料,即席烹製三道以上的菜式,必需突出該特定作料的本味。有人批評這種比賽,主方佔盡地利,自然駕輕就熟;挑戰的客方來自日本本土或世界各地,對場地和烹具都陌生,難以演出平日的水準,要取勝並非易事。我們是隔岸觀火,只覺十分愜意。更有趣的是那些現場助陣的和幾位評判,眾論紛紜,驚訝讚嘆,惹人想入非非,垂涎欲滴。

有一次看到一個比賽,本來長駐在東京應戰的主方日本法廚,反過來到法國的里昂去挑戰。比賽場地選在一座法國的古堡,氣派雄偉,廚房的設備遠勝東京的,看來像

是一所烹飪學校。廚子教師是法國人，學生卻全是日本人。一看到這個陣容，我早已急不及待，想知道究竟。主方帶隊的一亮相，全場為之騷動，旁白的說道：「大師來了！」只見大師坐在一個很重要的位置，居高臨下，好像十分關心這項賽事。當時旁白有介紹他的名字，但我不懂日文，英譯的日本名又記不牢，到後來節目結束時在英文字幕上看到是甚麼Tsuji的，我一直都記着這個名字。

最近在萬里機構看到一套中譯大阪辻廚師專科學校編著的法國菜製作圖解，知道在香港和國內，有人看重這系列實用烹飪書籍。我不期然想到那古堡中的比賽，和那氣宇不凡的大師。原來這位大師，就是名重一時的辻健雄（Shizuo Tsuji）。我在一本美國出版、九三／九四年飲食文章專輯上讀到一篇講及這所烹飪學校對法國食壇所引起的影響，很有感觸。幾次想為香港的讀者介紹，但恐怕與香港的飲食界距離太遠，又再陷於自說自話的窘境，久久不敢下筆。現在有這套書的出版，總算有話可說了。

## 世界上最大規模的烹調學府

現時世界上最大規模和最著名的烹調學府，首推日本大阪的辻廚師專科學校，學生人數四千，學費每年約為四千英磅。學生修讀一年緊湊的課程後，算是畢業，由校方保薦入國內的飲食機構任職。學生之中，40%學法國菜，其餘的學意大利菜、中菜或日本菜。辻健雄本來是個罪案記者，三十多年前創立這所學府後成為世界知名的餐飲專家，著有一本法國飲食歷史大全，共1480頁，重26磅，曾獲法國政府頒發多項榮譽。

大阪的學府開設不久，辻健雄從法國重金禮聘當時著名的廚子雷門奧利華（Raymond Oliver）到校執教。世紀名廚白駒氏（Paul Bocuse）在日本得以執法國菜之牛耳，全賴辻健雄一力推薦。與白駒氏同期的幾位三星名廚，諸如葛若（Gerard）、夏飄（Chapel）、盧布松（Robuchon）、山度仁（Sanderens）、屠華高（Troisgros）及餅點專家連努特（Lenotre）都先後被邀到校協助在職的三百五十位廚子教師，盛極一時。

日本有這位食壇奇人推廣法國菜，難怪法國菜得以大

WESTERN
DELICATESSEN
COOKING
ILLUSTRATED

9

行其道。日本大企業大樓的最高層，多設有私家法國餐廳，行政總裁們無法國菜不歡，餐酒亦以法國葡萄酒為尚，蔚然成風。現時單在東京一地，便有近千家的法國餐室。這些飛來飛去的三星廚子，連帶做些法國時裝和餐酒生意，從中獲利不少。

在八零年代初，辻廚師專門學校擴展至法國，在里昂附近購入一所古堡，設立餐飲酒店管理學校，成為日本進攻法國食壇的橋頭堡。後來更增購亞士高飛亞堡 (Chateau Escoffier)，大事擴張，裝置極端現代化，耗資約四百萬英磅，簡直不惜工本。

這兩所古堡內的烹飪學府，可容大阪辻廚師專科學校每年畢業的一百位有意深造法國菜的學生，全部住校作為期六個月的訓練，之後由校方安排到里昂附近的法國餐室作半年的不受薪實習，全年的費用為四千五百英鎊。預計在以後十年間，會有一千五百至二千位廚師在法國學成，連在大阪出身的，會有一萬五千至二萬位。

上課採小組方式，每組約十人。法國廚師用法文講解，有同步日語翻譯，示範課室裝設多台由天花板吊下的電視，每兩個學生合用一台。學生一面看一面記筆記，下課後由一日本副廚帶領，圍坐一起討論剛才所授課程。在古堡外的湖邊，日本旗幟飄揚，象徵這個橋頭堡的氣勢。

在里昂附近一間餐室的一位年方二十的日本實習廚師 Taizo Miyaguchi 說，他本住在東京以北四百里的漁港，十七歲入辻廚師專科學校，到法國深造是想放眼世界。實習後雖然他必須返國，但他希望能再回法國服務。問他有甚麼計劃，他說最大的願望是要向法國人表示他是個更出色的廚子。

另外一位在里昂實習、也是二十歲的 Katsunori Kato 則說，他受電視上的法國菜烹飪節目深深吸引，入了大阪的辻廚師專科學校，繼續到里昂深造，他也和其他的同學一樣，希望有朝一日能重返法國工作。但他信心十足，認為自己早已比法國廚子更勝一籌。

這兩位學生的僱主都說，日本學生非常聽話有禮，勤

辻廚師專科學校編寫的烹飪書籍已有中譯本

懇而適應力強，他們學得快，做得好，不要求高工資，而且主動求知。一般來說，他們較喜歡僱用日本實習廚師。

## 法國人的擔心

鑒於這個情況，有些法國人便擔心日本人遲早會進佔法國餐室的廚房，把本地廚子排擠出外。法國一向以美食雄霸歐西，認定自己的烹調技術和聲譽已登峰造極，只懂模倣而不擅創新的日本廚子，實不足構成威脅。就算在里昂辻廚師學校的法國行政主管也不覺得有風險，因為他知道日本廚子一實習完畢，定要回國，沒有可能留在法國和他們爭一日之長短。

不過，在日本撈得風生水起的白駒氏卻持不同的見解，他說只要日本人買下世界上更多的大酒店，這些野心的年輕日本廚子，在酒店內的法國餐室找個據點的機會，唾手可得。其實白駒氏自己也不大清楚，原來現時日本人在法國已擁有不少的大酒店。名馳巴黎，由三星名廚山度仁主廚的Lucas Carton餐室，東主就是日本人。行見日本的大企業家，擁有更多的國際性的大酒店，不難都成為提拔日本新秀廚師的中心。

現時日本在化裝品和時裝設計上都擠入了原本是法國人的天下，很容易看到他們也會入侵法國的食壇。但飲食畢竟是法國文化的一部分，日本人雖然可以在飲食行業分一杯羹，但對法國的飲食精神和哲學的影響，像一些名廚認為，實是無足輕重。

在美國便有不少日本廚師燒出很高水準的法國菜。他們善用所學的法國傳統烹調技巧，糅合日本的清雅排菜風格，令人在口味和觀感方面，都覺煥然一新。廿多年前名震三藩市的Masa餐室，日本廚師Kobayashi的法國菜，自從他遇害後，已成絕響，再無人能出其右。

至於在法國，米芝連旅遊指南頒給三星的餐室，十年前在巴黎便有二十家，這幾年來，這些餐室都因成本過昂，無法維持，相繼歇業，只餘十一家。反而由大廚師開設的小餐室，　如雨後春筍，食客只需以四分之　的價錢便可享用三星級的食物，雖然沒有豪華的排場和氣氛，但

小市民都能負擔得起,實是個好現象。

我們自詡為「飲食王國」,以為中國菜獨步天下。我們不獨沒有改良,更沒有適應時代的需要,去蕪存菁。經濟開放以還,且步了奢食的後塵,遠離正軌。直到現在,國內還未見到規模宏大的廚師訓練學校,廚師的供應遠遠趕不上日益急切的需求。試想,一個日本的私人飲食機構,竟可威脅名滿世界的法國菜,使法國人步步為營。我不是說我們要像日本人野心勃勃去進攻別人的領域,只想看到我們能挽狂瀾於既倒而已。

在沾沾自喜之餘,我們是否要靜心檢討一下?

後記:香港特區政府為慶祝千禧年來臨而籌劃的幾個大的建設項目,其中之一便是中華廚藝學院,這所學院設於港島薄扶林,開設費用逾億元,很多現時在飲食界已有成就的名廚都受聘為教師。這真是一個好消息,希望有更多的年輕人參與。

# 「料理之鐵人」擂台

### （原文寫作於1998年8月，2001年11月修訂）

　　我曾為文介紹一位日本著名飲食鉅子辻健雄。我是在富士電視攝製的一個名「料理之鐵人」的烹飪比賽節目中，見到他的廬山真面目和他創立的烹飪專科學校的。我對這位傳奇性的大師，十分景仰，他不獨畢生致力烹飪教育，而且經他訓練出來的年輕一輩廚師，今日在日本食壇上大放異彩，其中不少人曾參與過這個風靡一時的烹飪擂台賽。我現在先敘述一下這個節目的大概，香港衛星電視有一個時期也曾轉播這節目。

　　到目前為止，「料理之鐵人」已有五年歷史。三年前我無意中在美國三藩市的日本語電視的星期六節目上發現它的。一看便被它吸引，越看越起勁，偶或少看一次也覺惘然若有所失，簡直着了迷。跟朋友談起，發覺很多人都有同嗜，齊聲讚好，顯見捧場者大不乏人。一次孫兒從柏克萊加州大學回家時，比賽正如火如荼，我們齊齊看得津津有味，據他說，在校園裏每逢星期六晚，同學寧可不出外，群聚在宿舍內電視機前等候比賽「開鑼」，《學生報》還推介為「最受歡迎的電視節目」哩！

　　為甚麼這個節目會如此熱門？有何獨特之處？想不是三言兩語便可以交代清楚的。

## 比賽場地

　　比賽是在一個特別設計的大堂舉行。大堂前方左右兩

法菜鐵人（左）及日本鐵人（中）

邊各有一個同樣的開放式廚房，設備極其完善，舉凡一切日本傳統式或西式廚具，一應俱全，儼如烹飪實驗室。主持人在大堂中央活動：包括介紹應戰的鐵人廚師；迎接挑戰廚師；揭開神秘作料的序幕；與及最後宣布比賽結果的地方。大堂後座的一邊，有一列長餐桌，評審團都坐在那裏試食和給分，另一邊則坐了兩排挑戰者和鐵人的擁躉。挑戰者則從大堂最前方進場，這就是整個場地的佈局。

## 比賽規則

比賽分主客兩方；主方是電視製作人及其三位「鐵人」廚師，客方是由主方邀請參賽的廚師。燒菜所用神秘主題作料是由主方準備，參賽雙方事前絕不知情，到時纔揭曉，極富神秘性。雙方必須用此指定的作料，在一小時的時限內烹製三道或以上的菜式，每一道菜必須以突出主題作料的本味為原則。林林種種的配料則由電視台供應，有時廚師也會自行攜帶特別配料。每位廚師都有助手幫忙，本地的可以帶同自己的得力助手，外地來的可能要由主方供給了。雙方都有同樣的亨具和器皿供應，也可以帶來自己慣用的器材(曾見過一位傳統日本菜廚師挾着一把三尺多長的特製利刃，威風凜凜，闊步進場)。

## 神秘主題作料

凡是食物都可以用作主題作料，品類之盛，罄竹難書。新鮮的、乾製的、醃漬的、活的河鮮海產、會走路的牲畜、山珍野味，園蔬水果、小如豆芽的銀魚，大若圓桌的北海道巨蟹，捲作一團的八爪魚，甚至有一次牽來兩頭乳牛，當場擠奶，務必大出噱頭，把玩觀眾情緒，無所不盡其極。作料越是偏僻，越能難到廚師，戰況越是激烈。不過有人私自懷疑鐵人事前早得風聲，可能不夠公允。

## 節目主持人

比賽節目的主持人名鹿賀丈史，他的分量實在不輕。比賽前他先用短片介紹挑戰者的出身、訓練、經驗和實力。當挑戰者氣勢如虹地進場後，主持人一指，三位「鐵人」便在輕煙繚繞中，從廂內冉冉升起，來叫陣的則點選其中一位為比賽對象，有如打擂台。經過主持人簡略介紹

節目主持人鹿賀丈史

137

被選中的鐵人的資歷後，便是神秘作料的揭曉和宣布選用的原因。鑼聲一響，主持人大叫「Allez Cuisine！」於是整個場地忽然混亂起來，廚師以迅雷不及掩耳的速度各自跑去取作料，一得手便立刻動工，爭取時間。

這位「金牌」主持人，五年來高據他的寶座，屹立不移。他「打扮」陰陽怪氣，外衣設計誇張，釘滿膠片彩石，熠熠生光，襯衣領口和袖口堆起層層的波浪褶，加上頭髮熨得卷曲蓬鬆，難怪美國人都說他有已故同性戀歌星利比來茲 (Liberace) 之風。但他又偏要帶着一雙黑色的皮手套，似個黑手黨，與身上其他衣飾全不相襯。只是看他這個人，就夠你看的了！

## 鐵人的資格

長駐應戰的「鐵人」有三位，分別為法國廚師坂井宏行，日本廚師中村孝明和中國廚師陳建一 (旅日名四川菜大師陳建民之子)。他們可算是受電視台聘請的，全是資深在職名廚，每人都有自己經營的飯店，烹調經驗老到，熟習比賽場地，深諳評審員的口味，多半穩操勝券。不過他們也有失手之時，若輸的次數超過某一限度，鐵人便要依規矩下台，由另一位新鐵人補上。我眼見日本菜鐵人已換過兩次，最近又增加了年僅廿八的第四位意大利菜鐵人廚師神戶勝彥，陣容更加鼎盛。不過，他不是經常露面的。據說四年前他已被看中，但仍嫌他未夠老練，被「流放」到意大利深造四年，纔回日本成為鐵人。

## 評審團陣容

中菜鐵人陳健一

負責評審的一共有四位，兩位是食評家，一男一女；其餘兩位為社會上或影藝體育界知名人士，亦是一男一女，次次不同。食評家之中的岸朝子女士和山景民夫先生是其中的表表者 (山景民夫先生已於三月前逝世)，操流利日語的香港蔡瀾先生，也曾被邀出席評判。這些食評家都是式飲式食的專才，評得十分中肯到家，褒貶都有正當的理由，不像其他藝人多靠個人口味，胡謅一番。所以很多時，觀眾只要留意一下這兩位食家的評語，差不多可以測知賽事誰勝誰負。

## 菜式介紹

　　整個比賽過程，都仔細拍攝下來，由一位服部幸應先生以急口令方式旁述。雙方廚子燒好的菜，在未試食之先，分別陳列。這時旁述的會解釋每一道菜的名稱，所用配料，烹調方法，菜饌的裝飾和所盛器皿及上菜方式，好使觀眾對他們的成品有了認識，對了解食評有很大的幫助。可見旁述的任務也很重要，否則觀眾只見現場一片緊張混亂，鏡頭一瞥即逝，難以盡情欣賞。

## 給分制度

　　雙方廚師先後逐道上菜，客先主後。評審員每試完一道菜可以即席發言，批評這菜的好處在那裏，不好的地方又在那裏，主題作料的真味是否被配料掩蓋，怎樣纔能更合水準等。待所有的菜試食完畢，評審員按每位廚師的每道菜給分，加起來得一總分，四位評審員便有四個總分，若將兩位廚師所得的總分去比較，可得到比數，如四比零，三比一。二比二和局時，便要將兩人所有的總分數加起來以大總分定勝負。若兩人的大總分仍然相同，則要多賽一次。

## 助陣賓客

　　挑戰廚師或鐵人都可以邀請家人、朋友或同行來助陣打氣。這班人坐在場地的最後方，多不肯靜坐觀戰，而是喧嘩吵鬧，大放厥辭，甚至唱歌，頻頻發出「呀！」「啊！」之嘆，以示驚奇。遇時限將屆，燒菜的疲於奔命，汗流浹背之際，助陣的則搖旗吶喊，不單使挑戰者慌忙失措，連身經百戰的鐵人也被吵得不能集中精神，這也可算是比賽的插曲吧！

## 宣佈結果

　　分數計算後便可定出勝負了。這是最緊張的一刹那，現場的人屏息靜氣，在電視前的觀眾也急不及待想知戰果。賽前雙方雖間有唇槍舌戰，各自逞強，但不論誰勝誰負，參賽者都風度泱泱，互相握手道賀，充分表現出旨在參與，而不在奪標的體育精神。

　　如此比賽，觀眾得到些甚麼？當然是娛樂至上，但教

陳健一為旅日名四川
菜大帥陳建民之十

育成分也不容忽視。這個不是烹飪示範節目，沒有食譜也沒有分量，更沒有解釋，想學燒菜的不會得益，可說沒有太大的實用價值。但從另一方面，觀眾得到的啟發，實在無以量度。我每次看節目，都有不同的得着。可惜篇幅所限，我這次還沒有機會特別舉出一場比賽作實例，只好按一般情況說說自己的感受。

一、節目可說是不惜工本的製作，顯示日本人推廣美食不遺餘力。雖然氣氛熱鬧瘋狂，甚至荒謬絕倫，嘩眾取寵，但品評態度嚴肅，一絲不苟，帶出飲食不單是生活要素，也是藝術的主題。

二、鐵人擺擂台，實力雄厚。而參賽者必須是有分量、有獨特風格的名廚，仍難免敗多勝少。他們抱着參與為上，勝負等閒的心態，卻時有出奇佳作，連技術精湛，經驗豐富，能征慣戰的鐵人也得刮目相看，步步為營，叫人看得口瞪目呆，大嘆觀止。最難得的是落敗的絕不氣餒，厲兵秣馬，再接再厲，兩三年後可能捲土重來，我就看到一位三度叫陣的年輕廚師，最後得償所願，把鐵人坂井宏行拉下馬來，精神實是可嘉，這也可見到日本國民教育的一部分。

三、評判要求菜式要具新意，單靠傳統技巧以神秘主題作料複製名菜仍然不受歡迎，因此廚師都以能即興烹調，創出受評判讚許的新菜為榮。如此說明技術固然重要，但在尊重傳統之外，還得加上個人的體會、急才和創意，是現時日本飲食界銳意跳出抄襲，不落窠臼的表現。不過「創新」與「胡來」，有時只是一線之隔，令人噴飯不已。

四、一星期一次比賽，一年有五十二次，五年下來賽事二百多，可用作比賽的神秘作料有時會再次出現，但不同廚子，不同季節，所產生的效果純然不同，個人的創意有極大發揮的機會。當老一輩的廚子退下來，不愁接班乏人，在精益求精的薰陶下，會有更多的青年加入飲食行業，承繼並發揚日本的飲食文化。

五、觀眾除了目食耳食，見識的拓展程度實是難以言喻。挑戰者來自四方八面，主持人介紹他們的家鄉，學藝

的地方和供職的場所，像是放映一齣旅遊短片。那些用重金搜羅、平日難得一見的珍饈百味：堆積如山的燕窩；信手便可拈來的魚翅鮑魚；成籮的黑菌；法國名釀；予取予攜的魚子醬和鵝肝；海陸奇珍以及蔬果，無不盡收眼底，甚至納豆、梅漬之微，亦可作為神秘主料。精美之盛器，價值連城，配以精美之菜式有如錦上添花，互相輝映。例如上期的擂台賽，來自橫濱的日本廚子，挑戰鐵人坂井宏行時，雙方所用的清水燒古瓷，總值三萬萬日元。有趣的是，一個掉以輕心，不為價值所擾，竟然用來盛鹽，還以噴火吹管燒之。另一個則小心翼翼，恭而敬之，慎防打碎，真是看得人心驚膽跳！

六、最值得留意的是評審人員的餐桌儀注，女的尤其斯文有禮，是極佳的榜樣，值得我們學習。

我們香港的電視有沒有這樣的節目？中國飲食文化的輝煌歷史誰來發揚？讀者若有機會看到這個節目時，會不會深思再三？又年輕的一代會否視烹調為一門學問而積極投入？這些問題都是應有答案的。

## 尾聲（二〇〇一年十月）

自一九九三年十月起至一九九九年九月止，「料理之鐵人」前後一共播放了六年，終於作光榮的結束，節目製作的富士電視和主持的日本美食學院都沒有說明原委。但美國的「食品網絡」（Food Network）卻購得美國版本的放影權，星期五、六、日重複播放。本來這個節目在加州金山灣區一帶以前是由日本電視台播放的，因為購買放映權成本太重，早於一九九九年底停播。而金山灣區不屬「食品網絡」的收視地帶，我們欲看無由。幸而這個網絡最近被另一間電訊公司收購，我們纔有機會觀看。

到了二零零零年，日文「料理之鐵人正傳」在日本出版，一時洛陽紙貴，風行一時。「食品網絡」看準了生意眼，立刻譯成英文（Iron Chef），在二零零一年五月出版。各大報章和雜誌爭相介紹，好評如潮。而「食品網絡」更乘勢多買五十二個節目，不停放出，大收宣傳之效。

我從網絡上亞馬遜書店購得該書，一口氣把它看完，

《料理鐵人》英文版封面

知道很多有趣的花邊新聞和驚人的統計數字。六年來單是珍貴作料已用了839個鵝肝，54條海鱸，827隻大蝦，964隻松茸，4,593隻雞蛋，1,489克黑松露菌，4,651克魚子醬，84塊(很大發好的)魚翅，連其他數不清的作料共用去約八百萬美元。主持人鹿賀丈史總共消耗了熱量2,389,995加路里，節目一結束他便迫得努力健身去減體重。

這些數字，聽來十分誇張，但卻是「鐵」一般的事實。很多日本平民，一向對本國及外國美食沒有認識，連一片百里香草葉也沒有見過，在這個節目裏他們可以知道得更多有關中國菜、法國菜、意大利菜、甚至別開生面的創新日本菜。雖然奢食不是人人可以吃得起，但人人可以看，可以從中擴展一己的飲食知識。就算得天獨厚的美國人，口味素來狹隘，看了這個節目也獲益不淺。

整個系列的擂台比賽中，主客雙方的廚子都承擔沉重的壓力。日本菜鐵人中村孝明因為連輸了三次，若再輸一次便會面臨被拉下台的恥辱，乃自行引退，他的太太因此而受友輩揶揄。中菜鐵人陳建一喪母時情緒低落，一度萌去志，後來得法國菜鐵人坂井宏行的鼓勵，願進退與共，節目纔能支持六年。甚至主持鹿賀丈史也有計窮之時，到此收鑼可謂恰當之極。

這個節目不單在日本美食史上留下光榮的一頁，就算其他國家的食壇也受到深遠的影響。如果讀者有緣得睹這個節目，實屬福氣！

粵菜百年的演變歷
程細說端詳，探討
今後的方向。

# 與黃霑先生對話
### （原文寫作於2001年11月）

　　我寫食譜和飲食文章已有二十多年。除了第一本中菜食譜《漢饌》是用英文撰寫並由紐約卑倫氏公司出版外，其他五本都是中文的，由香港萬里機構出版。美國的出版作風，與香港不大相同，新書面世，出版商的公關部門，一定有專人特別負責宣傳推廣，安排一連串的活動，要作者積極參與。

　　就是這樣，在一九八三年食譜還未正式上市時，出版商早已有全盤大計，要我逐一實行。我初入行，不曉得說「不」，任由他人擺佈，唯命是從。那時我們已回香港定居，暑期返美渡假，出版商請我特地從加省飛紐約，機票和住在著名的華道夫酒店 (Waldorf-Astoria Hotel) 的一切費用都由公司負責，招呼週到。首發記者招待會設在一家新張不久、室內裝潢禪味極濃的中餐室Auntie Yuen「袁園」舉行。當日午餐，由餐室依我書上菜譜照做，事前由我試菜。

　　參與招待會的記者約有四十來個，都是各大報章的飲食專欄作家、飲食記者及很多份流行飲食和家庭雜誌的撰稿人。我夾在中間，簽名送書，接受訪問，大有應接不暇之概。他們問得很尖銳，使我深深感受到外國人對好奇的追求，最有興趣的問題是：我們在中國吃到很多的中國菜，為甚麼不比我們在美國吃到的好？

　　中國開放初期（七九、八零、八一年），我從北到南，

與很多大城市的廚子作交流，我問的也恰恰是這類問題：既然中菜今不如昔，那末固有的飲食傳統，又如何維持呢？想不到我的困惑，正是這些外國記者心中的結。我只好見招拆招，逐一作答。

食譜推出以後，銷路遍及全國，繼著書評源源而來，都認為食譜寫得清晰可靠，菜饌的口味與其他的中國食譜大不相同，值得介紹。出版商趁機作第二次的宣傳，要我從香港到紐約上電視、電台現場接受訪問，一是星期六「紐約早晨」的示範節目，另一是晚上清談節目的訪問。之後又在兩家電台主持電話接聽節目。雖然當時比現在年輕得多，但如此奔波，仍然感到沉重的壓力。出版商不肯就此罷休，要我繼續在美國東西兩岸作巡迴宣傳，為我婉拒。理由是我不習慣這些場面，覺得十分不自在，請他們放過我，讓食譜自己推銷自己好了。我和出版商立下的合約，內裏沒有條文規定作者一定要為作品親身宣傳，出版商無可奈何。

《漢饌》封面

在不斷好評之下，出版商將《漢饌》參與八四年度最佳食譜比賽，並邀請我和外子到紐約出席。雖然事前已知道該年更改評審制度，由以「洲」為參賽範疇改分兩大範疇：美國本土食譜及美國以外食譜。當時意大利菜在美國如日中天，還有經常高據首榜的法國菜與其他國家的食製都在美國流行一時。與這些國家的食譜同列一個範疇，十分吃虧，勝出的機會微乎其微，但出版商認為這是每個被提名的作者難得體驗的好機會，鼓勵我們參加。我們從加省飛紐約，抱着觀摩之心，輕鬆地赴會，見到很多飲食界的名人，也碰到首發會那天見過的記者，同席又有出版公司的大老板卑倫氏先生，這是我們之間僅有的一次會面。

如此說來，宣傳固然有助推銷，但如果你寫的是好書，自有公論，宣傳只是其次。《漢饌》一共印了五萬本，可以說是售罄，前後歷時十年。照美國出版慣例，行銷已十年的書本，在書榜上自動消失，所以我的食譜算是絕版了。最值得慶幸的是，我的書從未被書店丟在廉價書桌上賤售。就算在今日網上的「二手書店」仍然有售，介紹評語與十八年前無異，經常有人搜求，定價比廿年前漲了75%哩！

對於經歷過的宣傳活動，至今想起猶有餘悸，那種無

形壓力，患得患失的心情，在傳媒的反應未有公開評估之前，每分每秒都在惶恐之中。個人可能因出身及教養，素來低調，總覺得宣傳帶有自吹自擂之嫌，絕不熱衷。所以當香港出版商要我接受黃霑電視節目的訪問，我直接對製作公司的代表說我膽怯，不想在電視前面對香港數百萬觀眾，而且，年紀大了，獻「醜」不如藏拙。但製作公司的小妹妹，勇往直前，她們進一步，我退一步，直至我就範為止。

起初「好合拍」製作公司三個代表來我家作首次曾談，之後電傳來問題二十一條，除了一部分問及先祖父的軼事外，重點圍繞在：為甚麼傳統中式烹調在今日快餐氾濫下，如此難為？家庭式膳食是否仍有前途？我覺得問題很有意義，逐一用書面作答。因為主題明確，對於接受訪問，戒心大減。而且中文大學很多朋友都說黃霑有很多面，他一定不會以「三個光頭佬」一個電視節目的態度對待我，叫我放寬心懷。

正式訪問選在一個星期六的好晴天，秋意正濃。我們在聯合書院校園膳堂外的空地，搬了一小咖啡桌，黃霑和我對坐，話題便打開了。我在美國當老師有年，平日在堂上侃侃而談，甚少覺得忸怩，但一面對鏡頭，頓時侷促難安，幸而黃霑慣於主持節目，由他引導，對話纔慢慢輕鬆起來。我們談了近兩個小時，夕陽下山方結束。之後我們還閒談了一回，攝製隊鳴金收兵去也。

節目終於播出，一段長長的對話，被剪得七零八落，散漫無章，中式家庭烹調的炒、蒸兩大主要技巧，反而沒有點着，帶不出主題。我看了心裏發痛，真有悔不當初之感。後來朋友都說在巴士上看到我的節目，那更糟糕，正是醜事傳千里！

黃霑曾戲言，說我很會罵人，在《蘭齋舊事與南海十三郎》一書中把杜國威罵個淋漓盡致。這真冤枉，江家人不滿戲劇結局，至今依然，那敢張口罵人，只是說出心中話而已。希望有日黃霑先生讀了這篇小文，不要又認為我在罵人了。

下面是「黃霑香港情」訪問前的答問，原文未加更改：

## (一) 古法烹調

**1. 古法烹調的定義是甚麼？從前做飯是甚麼光景？**

答：所謂「古法」是指在我們以前的人所採用的烹調方法。從前的人一日三餐，大都不假外求，多在家自行烹製，用的是一般的作料，簡單的烹具和烹調方法，加入當地風味不同的調味料，燒出具有真味的菜式。

以前的社會是由大家庭組成，家人共食，燒米飯的分量較現代的小家庭為多，可以利用燒飯時在飯面蒸一大碟菜，用慢火燜另一道菜，再炒多量的蔬菜，加一個湯菜，就算在設備簡陋的廚房也可以燒出一頓豐富的飯餐。

**2. 問：古法烹調與現代烹調有何分別？**

答：其實中菜烹調，法無今古之分，最基本的方法不外採用新鮮的作料，加簡單的調味，以傳統的炒、蒸、煮、燜、燉、煎、炸等等方法烹製出不做作而味道調和的菜式。

現代大家庭制度解體，一部分家庭婦女到社會工作，無暇自煮，多時外食。就算留守家庭的主婦，也力求簡便，又因廚房的條件改善，燃料、廚具和保鮮都大大進步，品類繁多的新食料因交通的發達而來自四方八面，使家庭膳食的內容或形式都有很大的改變，但烹調法基本上並沒有改變。

**3. 甚麼謂之「好味」？**

答：要說食物怎樣纔是好味，實不容易。古人說過味之精微，口不能言，「味」的內涵，包含甘、酸、苦、辛、鹹，淡 (近世有人用「鮮」作為第六味) 六種基本味，又有鬆、酥、嫩、脆、濃五滋之說，味屬味覺上的，滋是口感亦是觸覺上的，廣東人說食物五滋六味，就是味道調和、火候恰當和好味的食物。

**4. 為甚麼說現代人「食不知味」？**

答：味覺是與生俱來的，但辨味能力是累積的；要從「食」去汲取經驗。一般的現代人生活緊張，往往在匆忙中

老少平安

進食，食的又是重油重味精、只得一個味道的快餐，日久受了商業食品的麻醉，在不暇慢吞細嚼之下，如何能知味和辨味！既不知味亦不辨味以致食而不知其味了。

5. 現今菜饌的作料在未加熱前，一般作過甚麼「手腳」？

答：在家庭煮食，甚少人採用現時商業性烹調的做法。以前中菜所用的牛肉，多宰自年老力竭、已無勞動價值的耕牛，肉質粗纖維韌，加鹼去醃使肉質改變，實屬情有可原。現時入口的牛肉質素比前好得多，實不應再濫用化學醃料。但豬肉、禽肉、甚至新鮮的海鮮亦不能倖免，更有甚者，蝦、帶子、魷魚、墨魚之類，加鹼後遺留的金屬味，要用水不停地沖，到鹼味沖去了，原味亦蕩然不存。於是又要加入提味劑來補充失去的原味，結果大家吃到的只有味精的味道。今人習慣了這種質感和味道的食物，不明所以，反認為是標準，實在是十分可惜的。

## (二) 與先祖江太史相處軼事

6. 對祖父有甚麼深刻回憶及印象？

答：在江家子孫看來，先祖父是一個顯赫世家的主人，有功名有財勢，也有無上權威和尊嚴。每天放學回家，我們一定要先向祖父作揖請安。雖然他平日甚少與孫輩交談，讓我們覺得他真是高不可攀，但他也有幽默和諧謔的時候。最記得他為我們講兒時在私塾逃學的故事，說到老師罰他對聯時更是眉飛色舞，老師出一上聯「群花未放難迷蝶」，他立刻衝口而出：「諸葛先生是臥龍」，工整之處連老師也得折服。所以後來他對天才橫溢的十三叔特別鍾愛，不無道理。

還有另外一個故事講他在最後的一場科舉試中怎樣為人做槍手，自己也請人替槍，結果兩本試卷俱中進士哩！

最值得我們景仰的是祖父樂天知命，提得起，放得下，從富甲一方領導廣州美食風氣之名食家，一摔而至三餐不繼，也不甘靦顏事日，甚至解放後被收監清算，絕食而死也能貫徹始終，誓不事二朝。

江太史

7. 祖父對食的要求是怎樣？是否經常大排筵席？

答：祖父對食的要求絕對不奢，但一定要合他口味，就算最平凡的作料，他也要廚子做出不平凡的菜式來。家中可能賓客盈門，但讌客只限一席，這樣廚子方能集中精神烹製餚饌，主客也能有較密切的交通。遇到家有大喜慶，客人太多，便會到酒家請客。

8. 與祖父同桌食飯的情況是怎樣？

答：抗戰之前，祖父食鴉片，起臥時間與常人有別，我們小孩子沒有機會與祖父同桌共飯。後來祖父戒了煙，舉家避難香港，擠住在羅便臣道一層樓，餐餐都和祖父一同用飯。那時家境拮据，仍有廚子每天來燒兩頓飯，桌上都是家常不過的菜式，但十分可口，就算一碗清湯喝來都覺得鮮美無倫。祖父每餐必有一小碗菜茸，但他一定分食，人人一口，至餘下一點點纔留給自己。另外又必有一小碟大烏鹹魚蒸豬肉餅，也是分派至所餘無幾。

9. 從哪兒看出祖父母對你的疼惜？

答：祖父有三十多個孫兒，不見得他特別疼愛我。但先母是他最鍾愛的媳婦，是他親選的。母親美麗聰明，琴棋書畫，樣樣皆能，祖父教她書法，頗得其神髓，尤擅江體小楷，他常着母親為他繕抄詩稿，分發詩友，幾可亂真。所以我們比較幸運，可以在香港與祖父同住，說他因為母親的緣故而偏愛我和哥哥也不為過。

祖父有妻妾共十二人，我親生的祖母是祖父的第三寵妾，操江家大權，我父親是她的獨子，我們是她的孫兒，鍾愛是不用說的了。

母親很早便教我和哥哥唸古文評註，我五六歲時一篇滕王閣序已背得琅琅上口，祖父有時會着我在客人面前背誦，背完一定有好食的賞給我。祖母知我咀饞，週末時就算我睡着了也會着婢女喚我半夜起床，到祖父的飯廳等食。睡眼惺忪中不知吃盡多少珍饈百味。

10.「太史名菜系列」如「太史蛇羹」、「太史菜茸」、及「太史豆腐」有何來頭？

太史菜茸

151

答：現在仍然流傳在食壇的太史菜不多，難成系列。陳榮的《入廚三十年》中只列舉「太史豆腐」、「太史田雞」、「太史禾花雀」三道菜，連「太史蛇羹」也未見提及。照常理推之，以祖父之盛名，太史菜當不只此三幾道，想只限於流出江家之外，被酒家仿製者。最近出版之《傳統粵菜精華錄》內，我寫的幾個太史菜譜，以「太史豆腐」爭議最多，陳夢因先生一口咬定是炸的，雖經前江家廚子李子華之徒弟陳掌在倫敦証實，太史豆腐並非炸的，但香港食肆仍然大賣炸的太史豆腐。至於太史蛇羹，好幾位自稱嫡傳的大師，都敝帚自珍，沒有發表過正宗太史蛇羹的做法。如再不留諸後世，太史蛇羹將漸行消滅。

## (三)「經」與「譜」的分別

11.「識食」和「識煮」的定義是甚麼？兩者有沒有關連？

答：「識食」的人既知味亦能辨味，不獨懂得欣賞不同食材的味道和口感，更知道怎樣調味纔算恰當，火候何時控制得宜，方能達到色香味俱佳的境界，以增加飲食的樂趣。但識食的人不一定識煮，我祖父就是只識食，和識得(可能想當然耳)怎樣烹調纔會令食物更好味的美食家。

「識煮」的人一定要識食，還要具有高度的技能，能知味和辨味，纔可按着食材的特性，加上自己的經驗和靈感去處理，否則按着本子烹調，結果燒出來的菜只有外形而沒有性格。

12.「食經」與「食譜」本質上有何不同？

答：「食經」可以廣義地說是講「食」的文章，通常帶有權威性的「經」典之作。今之食經自由度較大，寫的人不一定有權威，寫的也不一定是經典之作，作者可隨意發揮個人對食的意見，不受特定的方式限制。在香港，食經是指登在報紙上有關食的方塊文章。陳夢因先生曾任星島日報總編輯二十多年，每日守最後校對的一關，見有空白地方(俗稱天窗)便寫一些講食的短文填上，開了在報上寫食經的先例，故有食經鼻祖之譽。

「食譜」是烹調的方法，以文字表達，說明做一道菜所

需作料的分量，準備的方法和烹調方法，是技術性的。食譜是範本，是寫譜人重複實驗的結果，彈性不大。

食經可以包含食譜，食譜也可以藉烹調方法去演繹食經，經中可以有譜，譜中也可以有經，兩者相輔相成，互為表裏。

13.「食經」與「食譜」如何結合，互補不足？

答：舉個例說，有時我們讀到一則食經，一道菜被描述得天花亂墜，繪影繪聲，上至源流歷史，下至何人擅燒此菜，燒得好與不好，如何纔能燒得更好，要改良些甚麼，都躍現紙上，但有人讀了很想試做這道菜而苦無方法。若找到了這道菜的食譜，按步就班，依書直煮，成功的機會極大。又若只有這道菜的食譜而無食經叫供參考，雖仍可把菜燒出來，但缺乏食經的指引，得不到這道菜的神髓，不算是好菜。

14.「特級校對」先生如何影響你的烹飪生涯，他的《食經》有何特色？

答：我在未認識「特校」之前，在舊金山華埠購得幾本殘破不堪的《食經》，回家細讀，發覺這些小冊子內有很多有趣的飲食故事，也有不少做菜的竅門，雖然沒有詳細列明作料分量，但只要有心學燒菜，慢慢參詳內裏乾坤，一試再試，很容易上手。到後來我在一個為美國癌症會義務到會的場合認識了他。對於我那時的義務工作，他支持不遺餘力，為我開菜單，試菜，並大力鼓勵我做些古老排場的粵式筵席，儼然一個「口授」老師。義務工作結束後，我們兩家時相往還，情同父女。他老人家味覺極敏銳，我燒的菜有甚麼缺點，一定被他試出，而且絕不客氣當着客人面前狠狠批評一番，我能養成精益求精鍥而不捨的耐性而從不氣餒，都是拜他之賜。

15. 有沒有菜式是做來做去都做不好的？

答：一般來說，工多藝熟，多練習一定會有進步，除非作料不對，廚子是無能為力的。

16. 請你分享撰寫《中國點心製作圖解》的經驗。

答：一九八三年我的英文中菜食譜《漢饌》在紐約出版後，再獲拜侖氏公司的合約，撰寫中國點心食譜。手稿經公司交與幾位美國名食譜作家評閱，一致認為點心太難做，美國人不會有時間和興趣學習，無法有市場，合約於是取消。之後我在香港找出路，遭遇同樣困難。擱下了點心，專心寫成《微波爐中菜大全》，也得到萬里機構答應出版點心食譜。從在香港金冠酒家當黑市學徒習藝，撰譜，實習，教授，到把食譜譯成中文，圖片拍攝至輪候出版，前後二十年。

個人一向覺得中國的點心師傅，多半能做不能寫，執筆的能寫不能做，中間失去聯繫，我若能從中搭橋，集合做和寫於一身，再加上圖片解釋操作步驟，一定能保留傳統的點心技術而不致失傳。九四年出版至今已重印十次，今年重新校訂，最近還推出簡體版，在國內行銷，總算沒有白費心血。

## (四) 古法飲食的前景

17. 為何時至今日古法飲食愈來愈難為？

答：其實傳統的烹調方法，自古一直沿用至今，難為的地方只是現代人缺乏閒暇，而商業飲食流行，不在家「開火」也不會有肚子餓的問題，沒有推動力，很難引起烹調的興趣。

18. 為甚麼某些材料今日會找不到，有那些東西以前有而現在消失的？

答：生態環境的污染，人類濫採濫捕，都使好些動、植、魚類瀕臨絕種。鮑魚、魚翅是最顯著的例子。有些物料是加工費時，人工昂貴，商人無利可圖，不再購入，珍菌中的石耳、桂耳、口蘑近年就已斷市。還有珠江三角洲一種小螃蟹叫蟛蜞的生存環境受污染而滅絕，卵子(禮云子)是珍品，現已無法覓得。

19. 為甚麼現時科學昌明，魚肉蔬菜的味道反而不及從前？

答：水產養殖，在短時間內無疑可以大量生產魚鮮和

貝殼類，但在養殖過程中為防傳染病往往使用消毒藥劑、除草劑；為想快大，又在飼料內加入生長激素、抗生素及種種藥物，這些化學製劑都會影響水產的質感和味道。禽畜的飼養亦有同樣的問題，放牧的牛羊吃的是自然生長的草，運動量大，肌肉也結實，但吃了滲入化學劑的飼料，牛羊的肉質大有改變。走地雞抓食吃蟲，比困在籠裏吃人工飼料一動不動的雞有益好吃得多。利用化學肥料和除蟲劑種植的蔬果，雖然多產快產，但沒有蔬菜的真味道。再加上基因改良，東割西駁，一部分食物難以保持原來的味道。現時歐美各國都提倡回復自然種植，小戶農民都朝這路向走。

20. 在今日講求健康飲食的社會裏，古法飲食的前景如何？

答：愈講求飲食健康，愈需要實行傳統中菜烹調法。中菜的炒和蒸，千古不易，都能以最短的加熱時間，保存食物養分不致過分流失。中式家庭膳食，在七零年代被美國心臟協會推崇為「將來的膳食」，但反禍來一個不牟利、保障市民權益的「公益科學中心」，向中國餐館買了幾種十分流行的中菜，交中立的實驗室化驗分析，發現餐館中菜重油重鈉的情況頗為嚴重，當時引起很大的爭論。雖然這只是美國的事件，一般來說，今日中式商業飲食受到很多局限，求省，求快，求適應潮流，難以顧及飲食健康的必要而加以適應。不論是中西合璧，或集東南西北之大成，總得要從個人及個別家庭做起。

21. 撰寫有關古法粵菜著作，及開班授徒的意義何在？

答：撇開「古法」不談。寫食譜是利用文字指導讀者做菜，是方法的傳播。完備的食譜提供讀者自學的機會，是「言教」。開班授徒是示範和講解同時進行，是「身教」，兩者殊途同歸，目的則一。

(五) 食物的本味

小時吃過不少東西，雖非全屬山珍海味，但由於當時的人不以防腐劑、食用色素及化學醃料「掩飾」食物，而且我們在蘿崗洞有一個規模很大的農場，鮮果時蔬，半天就

可運到廣州，加上家中廚子烹煮得法，吃到的都是原味新鮮的食物，「食」實在是件賞心樂事。記憶中在家吃到的好東西，都記錄在《蘭齋舊事與南海十三郎》一書中。

## (六) 學廚緣起

小時候生活在江太史第，祖父有功名，我是「孫小姐」，按禮不准入廚房。成年後遭逢戰亂，顛沛流離，五十年代為口奔馳，全在外解決食。六零年代初赴美留學，窮學生負擔不來高價的膳堂菜，開始學煮簡單的飯餐。與外子婚後不停為他償還當王老五時欠下朋友的食債，不懂也要學到懂。到先母患癌期間為鼓勵她進食，常煮一些以前在祖父身伴吃到的菜式，到她離世後便投身美國癌症協會當義工，教授中菜烹飪和上門到會傳統中式筵席。一幹數年，之後到加省省立聖河西大學營養系教中菜，至今以寫食譜為終生興趣。

後記：二零零四年十一月，一代才子黃霑先生因癌病辭世，不久之前，他終於獲得香港大學頒發的博士學位。

# 粵菜飲食文化一百年

寫作於2005年5月，為澳門博物館所作之講辭

## 小引

簡單地說，文化就是生活。一地的飲食文化，取決於原材料的供應，烹調技巧的採用，調味料的配合和菜餚的供食方式。各地的歷史背景、地理環境、風俗習慣各有不同，所以飲食文化因地而異。

凡稱得上一個菜系的，必定要以大城市為中心。大城市有密集的人口，繁盛的商貿，鼎盛的文化，方能有地方風味的出現，自成一派，廣東菜因為具備這些條件而能成為中國八大菜系之一。

## 簡史

下表所示，為嶺南文化大事的簡記，至於較詳細的描述可參考第161頁。

| 春秋時期 | ＊ 廣東被視為「南蠻」之地。(少數民族主要是越、苗、瑤、黎)。<br>＊ 越民族在浙江建立越國，滅吳國。 |
| --- | --- |
| 前334年 | ＊ 楚滅越國，但越民族已遍佈江南。 |
| 前221年 | ＊ 秦始皇統一六國後大軍南下(前214年)，在兩廣建南海郡、桂林郡、象郡，移民50萬「與越人雜居」。 |

作者在澳門博物館主講「粵菜文化一百年」講座

物產豐饒、風光秀美的南粵大地

157

| | |
|---|---|
| 前206-188年 | ＊ 秦末天下大亂，南海郡副尉趙陀在番禺自立為南越王。<br>＊ 漢武帝滅南越(前111年)。 |
| 220-265年 | ＊ 吳國發展華南。 |
| 318-581年 | ＊ 五胡亂華，晉室避胡，南遷建康(南京)，八大姓移民福建；粵東潮州人屬福建語系。(304年西晉嵇含作《南方草木狀》)。<br>＊ 廣州成為繁盛商港，南洋甘蔗、胡椒、沉香入口。 |
| 唐(618-896年) | ＊ 唐中葉韓愈被貶為韓州刺史。<br>＊ 唐末黃巢之亂(約875年)，在廣州大殺胡人(阿拉伯商人和家族)，此舉已足證明廣州是繁榮的國際都市。<br>＊ 唐末劉恂任廣州主簿，作《嶺表錄異》。 |
| 宋(969-1297年) | ＊ 宋真宗大力鼓勵人民種植越南的「占城米」(約1000年)。<br>＊ 南宋：南雄珠璣巷事件，漢人從大庾嶺之南下廣東沿海，尤其是「廣府」 |
| 元(1279-1368年) | 宋丞相陸秀夫負帝昺在新會崖門投海(1279年)。 |
| 明(1368-1644年) | ＊ 鄭和七下西洋(1405-1433年)，後來明朝因倭寇宣佈海禁。<br>＊ 1557年葡萄牙人佔領澳門，引入番茄、西洋菜。<br>＊ 明末清初，客家人遷移到粵東、粵西(南路)。 |
| 清(1644-1911年) | ＊ 滿洲旗人由官府支薪，不許營商；他們發展了廣東飲食文化。<br>＊ 1611年鄭成功收復台灣；華南經過荷蘭人得到荷蘭豆，荷蘭薯。<br>＊ 1842年鴉片戰爭後英國人取得香港。 |
| 民國(1911-1949年) | 1920年代：廣州飲食黃金時代，四大酒家，十大茶室 |
| 中華人民共和國 | (1949年至今) |

現今的珠璣巷

一九八六年後，鄧小平實施經濟政策，中國經濟開始飆升，深圳、珠海成為都市，廣州逐漸回復「食在廣州」地位。

## 粵菜飲食文化的特徵

廣東人素以聰明靈活、思想開明、勇於接納新概念見稱。他們生性勤勞，勇於創新，不惜冒險，但不免流於輕躁，欠耐性，意見多，自創一格，因此形成了粵菜與其他菜系有較大的分別。對於不斷改變的大環境，粵菜最能及時跟進，適應潮流，甚至爭取主動領導地位。

廣東菜雖然有三大流派；廣州菜，潮汕菜和東江菜，但以廣州菜為主流，我們就依廣州菜的特色概括地說一下：

1.以味為先——廣東人食要新鮮，烹調手法以保持物料的鮮美為原則，不肯久煮過時，對於蔬菜不獨要求青綠，還要脆口。家禽魚鮮要以活宰為尚，追求原汁原味，有五滋六味之說；五滋是鬆、酥、嫩、脆、濃，六味包含酸、甜(甘)、苦、辣、鹹及淡(或曰鮮)六種基本味。滋是口感上的，味是味覺上的，廣東人口中常說的好味道，就是味道調和、火候控制得宜的食物。

禮雲子炒飯的用料有蟛蜞的卵

2.清淡為尚——廣東人重魚鮮，輕肉類，不喜濃膩辛辣，愛湯水，嗜甜食，口味極廣。

3.顏色自然——粵菜的色彩，全仗配搭，常以不同顏色的作料配合在一道菜內，不靠賴細工的堆砌和擺設，菜饌的裝盆以簡單鮮明、自然清麗為主，但不矯扭作態，既要中吃，亦要中看。

4.用料多樣——除了本省豐富的特產，粵菜還能採納從世界各地運來的食材，善為利用，天上飛鳥，山上走獸，地下爬蟲都可入饌，珍貴海味更是筵席的主幹。所以外省人常譏笑廣東人，說我們除了天上會飛的飛機，地上有腳的板凳外，無所不食，蛇蟲鼠蟻尤為喜好。

5.着重時令——廣東人對時令非常敏感，主張不時不食，一過了時，就算最珍貴的食物也認為會失去美食或營

養上的價值。在魚鮮上有春鯿秋鯉夏三鯠之說，蔬菜的季節性更明顯。比如冬天進補，秋天吃蛇，夏天吃冬瓜盅，但不會吃火鍋或滋補的燉品；湯水的內容亦因時令而不斷轉變。

6.菜樣繽紛——廣東人善於配搭作料，創造出色香味俱臻上乘的菜饌，任何一家食肆，菜單上起碼提供過百種的菜式，任客人選擇，就算有時缺料，也可採用其他作料代替。菜式的命名尤其花巧，一如謎語，如：鳳袖羅裙、紗窗望月、佛法蒲團、群兒弄蝶等等，不勝枚舉。

7.中西共冶——廣東很早便與外國接觸，引進不少食材，從蔬菜的名稱可看到其來源，諸如：西洋菜、番瓜、番薯、荷蘭豆、荷蘭薯、洋葱等等。受到東南亞僑民的影響，他們帶回不同的調味料和香草，使粵菜的結構更加綜錯複雜。調味料的喼汁、茄汁、沙律白汁、咖喱、檸檬等，都來自外國，融入在粵菜內。烹調方法多了烤焗，又在粵筵中加入冷食和奶品。

8.點心精美——廣東點心當初效法淮揚，直至四十年代點心盒仍有淮揚美點等字樣，但其實很早便青出於藍，卓然成家，用料精廣，口味清鮮，品類多樣，重質不重形，故手工不若外省的細巧，但餡料則優勝得多。自二十年代後，茶室除了平日固定供應的點心外，尚加設星期美點，每星期更換，品種於是更形多樣。

特色的禽畜食材有利粵菜的發展

## 形成粵菜別具特色的原因

廣東古屬「百越」，又因位於五嶺之南而稱「嶺南」，東連福建，南臨南海，與海南島相對，西接廣西，北與江西湖南為鄰，靠山帶海，氣候溫和，加上東、西、北三江的水利，及珠江三角洲一帶得天獨厚的自然環境，使飲食文化得以全面發展。

廣東土地肥沃，糧食以米稻為主，經濟作物有甘蔗、水果、茶葉、花生等。海洋漁業及淡水魚養殖均極發達。因為歷來對外交易頻繁，又有港口之利，食品從世界各地輸入，故清朝屈大均在《廣東新語》中說過：「天下所有食貨，粵東盡有之，粵東所有食貨，天下未必盡有。」可以

見到當時廣東物產富庶，飛潛動植各類物品豐盛，為粵菜提供多樣的作料。

歷史上粵菜早已脫離仿效淮揚食製的心態，別創一格，蔚然成家。因氣候溫濕的關係，廣東人甚少採用重油慢煮的烹調方法；蒸、炒、煎、燜、燉可説是主要的家庭烹調法，炸及其他較繁雜的方法多為食肆所採用。進食一般採取共食方式，但近年流行中菜西食、分食的方式。食具以筷、碗、碟為主，但新式的食肆有時會同時擺放刀叉在餐桌上，以利便食客割切大塊的食物，例如全隻鮑魚及開邊龍蝦及明蝦等。

## 細談粵菜源流

八千年前，廣東已有越、苗、黎、瑤人居住

### 1. 春秋戰國至宋朝

前四七三年，越王勾踐滅吳，稱霸。戰國時位在長江流域的楚國滅了越國 (前三三四年)，但越族已遍佈長江以南，把早期居住的華南土人擠到偏僻的山地。公元前二二一年，秦統一六國，隨後在前二一四年派大軍南征，建立南海、桂林、象三郡，遷徙了五十萬人南下與越人雜居，漢越兩族從此融合，黃河流域的文化於是傳到嶺南各地。秦末天下大亂，趙佗割據，自稱南越王，奠都於今日的廣州，飲食方式，大致依循中原。

漢武帝時，南越內亂，被漢朝兼併。漢末三國鼎立，吳大帝孫權大力發展華南。

晉朝滅吳，統一天下。不久出現八王之亂，五胡興起，割據華北，中原人民避難南下，發展了華南，當地烹調亦跟着改進。廣州已成為重要海運中心。

唐朝華南從海運帶來香料 (胡椒) 及食用植物 (甘蔗)。唐末劉恂撰《嶺表錄異》三卷，作者曾任廣州土簿，記載嶺南異物奇事。(書中有乾符四年 (877) 字樣，可知此書約成於唐末五代)。

北宋在外族壓力之下，帝室南遷，是為南宋。北宋首都汴京 (開封) 廚師的食製南下臨安 (杭州)。現在珠江三角

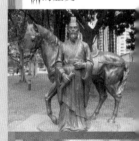

廣州陳家祠前的雕像，記述了一段與廣州開發有關的歷史

洲的人很多都是南雄珠璣巷(城鎮名)居民的後代；傳南宋一位皇妃潛離臨安，被珠璣巷一位富商收留。皇帝得悉，龍顏震怒，降旨屠鎮，鎮民早接音訊，匆匆逃亡，所到之處，發展了珠江三角洲和沿岸。

## 2. 元朝至清末

元朝滅南宋，人民又迫得向南遷徙避難，中原及廣東飲食文化相互糅合。

明清時期，廣州是中國的主要通商口岸，由於商業發達，加速了飲食文化的交流，西方商人及傳教士相繼到來。客家人在明末清初移居東江、南路。

清朝駐廣東的滿族旗人子弟終生受俸祿，不許營商，有足夠錢財和閒暇找尋及鑽研美食，促使廣州人大大發揮從北而南的烹調技術及美食觀念。

鴉片戰爭，訂立南京條約，開上海、寧波、福州、廈門、廣州五口通商，廣州與外地接觸更形頻密，西餐烹調技巧亦於是時傳入廣州，形成了集中西飲食大成之風氣。

南園的紅燒大網鮑片

## 3. 二十世紀初「食在廣州」時代

民國肇造後，國家動亂，軍閥割據，孫中山在廣州建立北伐基地，廣州略為安定。二十年代是廣州美食最輝煌的時期，有「食在廣州」之美譽。豪門富戶都僱有技術超卓的家廚，精美食製乃從大戶外傳，當時有「四大酒家」、「十大茶室」，食風鼎盛，豐富了廣州的飲食，西菜也漸受歡迎。1931-1936年陳濟棠主粵政，美食傳統仍然繼續。

文園的江南百花雞

十大茶室包括有：龍泉、樂山、味腴(燙麵餃馳名)、謨觴(為當時廣州之「相親」勝地)、半甌(蟹黃灌湯包馳名)、菩薩、茶香室(始創「娥姐粉果」)、談天、蘭苑及在山泉(糯米雞馳名)。

## 4. 從「食在廣州」至「食在香港」

當時香港是英國殖民地，西菜只是飲食的一部分，粵菜纏是主流。因為與中國各地的商貿頻繁，而且是珍貴海味的集散地，名酒家都各自標榜拿手菜式，香港不讓廣州

專美於前。

三十年代末期日本侵華，四處轟炸，不少廣州人逃港，把羊城的食風帶到香港，1938年廣州淪陷，「食在廣州」時代的名廚亦紛紛到香港謀生路，有香港四大酒家之稱的大同、英京、鑽石、金陵四酒家羅致廣州名廚，食客如雲，生意異常興旺。與此同時，一部分外省人從中國大陸逃難至香港，保存各自的飲食習慣，但粵菜仍是主幹。

一九四一年日本發動珍珠港戰事，同時進攻東南亞，不久香港淪陷，生意蕭條，人民三餐難繼。1945年日本投降，廣州戰後百廢待興，飲食業尚未完全復原，而1949年中華人民共和國成立，在改革聲中，作料匱乏，政治和經濟都經歷到巨大的轉變，糧食欠缺，實行糧票制度，飲食行業收歸國營，在以「食得飽」為先的環境下，實在談不到美食了。

而香港則恰好相反，外來人口一時大增；北角是上海富人聚居之地，沿英皇道一帶，上海館子及小食館林立，儼然「小上海」，九龍方面是京菜、揚州菜、杭州菜的大本營，由上海人開設的俄式西餐室也集中在尖沙嘴一帶，開始見到「食在香港」的雛型。

六十年代香港經歷了難民潮，偷渡來港的人大增，但六七年的暴動，致使移民外國的人也相應增加，因此流失了一部分有意到外國發展的廚子。這個時期，香港的粵菜大致無大進展，但仍能保持一貫的傳統。七零年代中期香港工業興盛，經濟起飛，旅遊事業蓬勃，大酒店附設的粵菜餐室水準甚高，與原本已基礎穩固的粵菜相合，香港成為遊客心目中的購物及「美食天堂」。富裕的香港人日漸趨向奢食，食壇上充滿光怪陸離的菜式。

八十年代香港飲食業與內地交流之風盛極一時，呈現粵菜與其他中國菜系共冶一爐的現象。大飲食機構屬下的酒家，標榜不同的菜系，但亦有食肆集東西南北菜饌於一家，不分派系，口味多樣。另一方面，草根階層的家常飲食仍然守住昔日的模式。又由於港府整頓市容，取締大牌檔，以前普羅大眾可以用低廉的代價也可以在家外享受一頓可口便餐的，到此只好求諸價錢略高而仍然經濟實惠的

三十年代的茶樓

有百年歷史的得雲茶樓於九十年代初期結業

位於中環的陸羽茶室仍是當今名店

茶餐廳了。

　　八十年代中期，香港飲食更趨興盛，但行業內競爭劇烈，各家食肆迫得自創一格以求存，除了採納中國各菜系的美食與粵菜和合，並多方採用外來的作料、烹調技術及菜饌的上碟形式，使傳統粵菜有了新的口味和面貌，「新派粵菜」應運而生。另一方面，美國快餐店四處生根，以品質穩定，價格相宜，服務快捷，地方清潔為本，衝擊整個飲食市場，兒童及青少年趨之若鶩。很可惜這種工業式的速食，質素與味道罕有改變，麻木了新一代的口味，以清淡精緻見稱的粵菜，所受的打擊，實難以衡量。

　　千禧年後，香港經濟日見低迷，「負資產」之聲四起，市民購買力弱，飲食業首當其衝，無數餐室倒閉，連大集團的連鎖餐廳亦不能倖免。而走避香港飲食法例管制的私房菜興旺一時，以租金較廉，成本較輕，中西俱備，各具特色，保持一定的美食傳統，刺激起疲弱的消費力。不到兩三年，政府立例管制，不合規格的私房菜，大部分結業。近年流行「融匯菜 (fusion cuisine)」，粵菜與歐美菜、東南亞菜及中國其他菜系融?，各家各法，自成一家。自零四年實施「自由行」政策，大陸訪客激增，香港着眼旅遊經濟，飲食行業逐漸復甦，前景光明。

　　七十年代末期中國開始試探性向外開放，商旅日增，在搶救飲食傳統口號下，廣州的飲食大行整頓，老字號紛紛復業，欣欣向榮。而西化的大酒店不斷設立，粵菜大有百家爭鳴之勢。泮溪酒家的點心師傅羅坤，更創出「點心筵席」，並恢復食在廣州時代之「星期美點」。

　　今天中國大陸日見富裕，人民踴躍消費，五十年來不曾品嘗過珍饈美食的，一旦得到機會，花得起的新富，莫不以追求奢食為榮。不少香港的名食店都紛紛在內地設分店，天價筵席成為風尚，在珠三角一帶的工業中心城市，大型飲食企業突飛猛進，規模之大，世界罕見，同一時間可服務數千客人。這種食風且不斷向內陸推進，港式和粵式的海鮮酒家，在中國各大城市隨處可見，與當地的菜系互相輝映。

　　在海外的粵菜館，因為從香港移民到外國的廚子，利

新派粵菜有新的口味
和面貌

164

用粵式拋鑊烹調方法、廣式點心及游水海鮮作招徠，形成一特別派系，與其他中菜派系共存，甚而互相競爭，以致原來華僑賴以維生的簡樸雜碎外賣店，無法立足，日見減少。

葡萄牙人在四百多年前佔澳門為屬地，毗連香港，與南、番、中、順之交通十分方便，主流飲食文化與粵菜一脈相承，加以政局安定，對外的接觸不若香港之頻繁，五花八門之新派菜式難以流行，反而能保留粵菜之傳統，經營飲食者多具有巨型餐廳難覓的個人風格。就算今日，旅客仍可在澳門品嘗到較正宗的粵菜。

以上只是粵菜在過去一世紀可見的轉變，現在稍作分析：

## 粵菜近百年之變遷

經過半個世紀的戰爭動盪日子，粵菜已不能守住一貫的傳統，從整體上我們可以看到「食在廣州」的在近一百年的重大變遷，簡括如下：

澳門更能保留粵菜的傳統

「食在廣州」時代：民國初年至中日戰事之前。

「食在廣州」黯淡時代：中日戰事爆發後至國共內戰時期。

「食在廣州」停滯時代：大陸易手後至向外開放。

「食在香港」時代：七零年代經濟起飛至回歸後經濟泡沫爆破。

「食在廣州」重現：千禧年至今。

從個別的轉變方面，粵菜受到的強勁衝力，在多方面可以顯出：

1.地方性逐漸減弱，粵菜糅合了外來風味而趨向多元化。

2.「食在廣州」移向「食在香港」，再回向「食在廣州」，港式粵菜成了骨幹，向中國大陸伸展。

3.香港在租金高企下，粵菜變質，難守優良傳統，以前是精料精做，變為粗料精做，現今大都粗料粗做，在點心方面最為顯著。

4.大飲食機構屬下的連鎖餐廳，操縱市場，中型食肆受經濟氣候影響，乏利可圖，相繼結業，平民化的茶餐廳，成本雖低，仍有一定水準，但畢竟降低了粵菜的格調。

5.烹調陋習日益加深，濫用味精及化學醃料，致菜饌失去本味，百菜一味，粵菜以原汁原味為本的宗旨，難以維持。

6.可用之作料種類過豐，作料來源難以控制，在一知半解之下，一些廚師配搭失衡，亂創新菜，以致不倫不類，非驢非馬，本末倒置，新派粵菜哄動一時，漸歸於沉寂。

7.大家庭制度解體，小家庭主婦多出外工作，無暇入廚，速食、飯盒代替正常膳食。兒童習慣了另類口味的食物，很難養成良好的飲食習慣。

8.美式快餐隨處生根，方便價廉，質素劃一，現代人慣於一種簡單口味，變得不知味亦不能辨味。

9.中式快餐店與傳統食肆惡性競爭，以致「因價就貨」，使粵菜的水準日益降低。

10.資深老廚師自然流失，新一輩多來自速成科，未能即時接上，而中國各地日見富裕，對粵廚的需求大增，挖角之下，香港及廣州的一部分食肆每由資歷不足的廚師掌廚，品質的降低是必然的了。

11.與港澳接壤的衛星城市，諸如珠三角的南、番、中、順等縣市，物產富庶，工業發達，大市鎮內遍佈食店，規模大小不一，但都以標榜本土風味為尚，作料新鮮，烹調手法簡單而不做作，帶出粵菜原來的真面目，不少香港人都經常湧到附近的市鎮旅遊，享受鮮美而質樸的鄉土食製。

香港粵菜的水準如何，直接影響旅遊業的發展

總括來説，粵菜到了今日，仍然缺乏食評制度，無一定的水準，難以有突破。在廣東本土，雖然各地都設有烹飪訓練學校，但仍不能填補龐大飲食人員的需求。大型的食肆不斷開設而廚子的供應不足，結果受損的是粵菜的良好傳統。這個情況值得正視。

但粵菜也有進步的一面：

1.現代人教育水平提高，食補食療而外，已注重營養，傳統粵菜慣用的作料，諸如動物內臟、動物性脂肪，因健康緣故，已減少使用。燒菜用的油脂多是植物性的，攝入膽固醇較少，罹患長期病如心臟病、高血壓、糖尿病亦相應減低。

2.纖體運動大行其道，素食和清淡口味的菜式流行，無形中向高熱量、高脂肪的快餐挑戰。

3.有機食品的出現和基因食品的加入，給予我們更多選擇。人工培養菇菌類日新月異，營養豐富，價廉物美，烹調方便，使健康飲食更加多采。

現今食材的選擇更多

4.懷舊菜乘時而起，注重古法烹調，使粵菜能在危機中站穩。近年冒起的「私房菜」，可説是廣東人的口味轉回家庭式膳食的趨勢。

5.廣州比香港更早有烹飪學校的設立，每年訓練出不少新廚子適應勞工市場。大型的食肆內，廚房的工作人員逾千個，刺激起飲食業蓬勃的情況，前所未有。

6.交通運輸日趨發達，富時令性之蔬果，可從氣候不同的地區快捷運到，打破了以前季節性的限制。

## 粵菜飲食文化之前景

我們中國人對自己的飲食文化總抱有自大的觀念，自誇為「烹飪王國」，以為世上無雙，連最馳名的法國菜也看不在眼內。在資訊發達、運輸及交通日形方便之際，地域的距離日短，廣東菜受到四方八面的衝擊，與其他菜系融合，面目及內涵都大異昔日，故有「有傳統，無正宗」之説。香港的情況更形惡劣，融匯菜（fusion cuisine）氾濫，

已與良好的粵菜傳統分離，一片混亂。另一方面，專賣傳統粵菜的高檔餐室，往往奢華而不務實，不是普通人可以花得起。至於作為傳統粵菜支柱的家庭菜式，亦因夫婦二人出外上班，在家中吃得簡單而衛生的，為數甚少。

時代步伐日益加速，要守緊傳統，一成不變是絕無可能的。在全球化的壓力下，粵菜肯定會變質，至於變至甚麼程度，請大家拭目以待罷！